RAID

레이드
: 신의 탄생 7 완결

초판 1쇄 인쇄일 2016년 3월 17일 | **초판 1쇄 발행일** 2016년 3월 19일

지은이 박민규 | **펴낸이** 곽중열 | **담당편집 팀장** 이범수
편집부 신연제 이윤아 김은경 홍현주

펴낸곳 (주)조은세상 | 출판등록 제 2002-23호.
주소 경기도 연천군 미산면 청정로 1355
TEL 편집부 02)587-2966 | FAX 02)587-2922
e-mail bukdu@comics21c.co.kr

©박민규 2015
ISBN 979-11-5832-494-0 | ISBN 979-11-5832-353-0(set) | 값 8,000원

NEO MODERN FANTASY STORY

RAID
레이드

신의 탄생

박민규 현대판타지 장편소설

7

완 결

북두

(아)좋은세상

레인드

신의 탄생

1. 너의 편

NEO MODERN FANTASY STORY

RAID

신의 탄생

1. 너의 편

레이드

NEO MODERN FANTASY STORY

정말이지 끔찍했다. 가장 견딜 수 없는 것은 소리였다. 실제론 몸에서 베인 흔적이 없었지만 서걱서걱 썰리는 소리는 민혁을 소름끼치게 만들었다.

계속해서 몸을 비틀어대며 고통스러워하는 민혁을 콘티누는 허공에서 내려다봤다. 그의 옆에는 오관대왕도 함께였다.

오관대왕은 머리는 돼지에 몸은 인간의 것이었다. 흡사 저팔계와 비슷한 인상이었다.

[검수지옥을 견디는 자라니요.]

오관대왕은 눈을 가늘게 떴다. 자신이 관리하는 관문인 검수지옥. 칼에 계속해서 베이는 통증을 느껴야만 했다.

칼에 베이고도 비명 한 번 지르지 않고 있었다. 물론 그 머릿속은 비명으로 가득 차 있겠지만 말이다.

[절대신의 계승자이니까. 또 카오스 님께서 선택한 유일한 자이기도 하다.]

콘티누의 목소리는 부드러웠다. 민혁을 대할 때 보였던 그 장난스러웠던 면모는 온데간데 없이 사라져 있었다.

콘티누의 눈이 가늘어졌다. 한낱 인간에 지나지 않은 자였다. 수많은 차원의 생명체들이 죽으면 지옥에 넘어온다.

개중 인간은 가장 취약한 생명체 중 하나였다. 지금보다 과거에는 더 했다. 그들은 '각성자'라는 타이틀을 얻어내지 못했다면 오크보다 미개한 생명체로 기억되었을 것이다.

그러한 인간이 수많은 지옥을 견뎌내고 있었다.

[조금만 더 견디면 얻을 것이다.]

[예?]

콘티누의 중얼거림에 오관대왕이 되물었다.

[아무것도 아니다.]

콘티누는 능청스럽게 양 팔짱을 끼면서 민혁을 내려다봤다. 그의 눈빛이 부드러워보이는 것은 착각일까?

❖ ❖ ❖

화르르륵
챙그랑!

활인길드 본부의 앞에서 수 만 명이 넘는 시민들이 몰아붙이고 있었다. 경찰병력은 맥없이 밀려나기 시작했다.

최루탄을 섞은 물대포를 아무리 쏘아내도 시위를 벌이는 국민들은 물러날 기미조차 보이지 않고 있었다.

CNA는 보도했다.

지금 이 재앙을 끝내기 위해서는 일단은 국민들 앞으로 강민혁을 내던져줘야 할 것이라고. 그렇지 않다면 대한민국은 혼돈으로 빠지게 될 것이라고.

CNA의 보도는 틀렸다. 이미 대한민국은 혼란에 빠져 있었기 때문이었다.

청와대에서도 계속해서 전화가 걸려왔다. 유지인을 대신해 직속비서로 임명된 여인은 계속 난처한 표정으로 '대통령님께서 직접 통화를 요청하십니다.' 라고 말하고 있었다.

오재원은 한숨을 뱉었다. 자신도 가족을 잃었다. 그 감정을 잘 알았다.

하지만 강민혁이 없다면 세상은 더 혼란에 빠질 것. 자신은 알고 있을 뿐이요, 저들은 모를 뿐이다.

저들의 저러한 행동은 당연한 것이었다.

"마스터."

이수현이 문을 열고 들어왔다. 그는 얼마 전 아버지를 잃었다.

"시위대 틈에서 분신자살을 시도하는 이들이 늘고 있습니다. 그리고 경찰들도 더 이상은 막지 못할 것 같습니다.

더 문제인 건 각성자들 중 상당수가 개입하기 시작한다는 겁니다."

각성자들이 개입한다. 그들 중에서도 가족을 잃은 이들의 숫자가 꽤나 될 것이었다.

"워스트 길드의 오민국이 주도하고 있습니다."

"오민국?"

오재원의 미간이 찌푸려졌다. 오민국이라면 워스트 길드의 2분대 공격대장으로써 A+급에 오른 각성자였다.

그가 주도하고 있다면 이야기는 조금 달라진다. 그들은 더욱더 치밀하고 강하게 정부와 활인길드를 압박하기 시작할 것이다.

현재 이 싸움으로 인해 사망한 이들의 숫자도 녹록하지 않은 실정이었다.

"특수 분대를 형성해서 투입시켜."

"하지만…"

이수현이 말끝을 흐렸다. 오재원이 가라앉은 눈빛으로 그를 보았다. 그가 무엇을 우려하는지는 안다.

특수분대가 투입되면 분명히 국민들과 정부는 더욱더 노발대발 할 것이었다.

하지만 지금은 수가 없었다. 일단은 더 버티는 수 밖에.

이수현이 밖으로 나서고 얼마 후 오재원도 나섰다. 그는 민혁이 있는 곳으로 걸음했다.

그는 여전히 몸에서 냉기를 풀풀 풍기며 심장이 멈춘 채 누워 있었다. 그 옆에는 이현인과 김미혜가 있었다.

김미혜의 아버지가 얼마 전 자살하셨다. 그녀는 매우 지친 기색이 역력해 보였다.

"괜찮나?"

그녀는 아무런 대답도 하지 않았다. 표정도 변하지 않았고 그저 민혁을 내려다보고 있었다.

한참 동안 말이 없던 그녀는 고개를 돌려 재원을 바라봤다.

"민혁이 잘못 아니죠?"

그녀도 의심이 드는 것이다. 이게 과연 민혁이 잘못이 아닐까? 정말 그가 죽었으면 끝났을 일이었을까?

그를 누구보다 사랑하지만 아버지를 잃었다. 그녀는 갈피를 잡지 못하고 있는 듯 보였다.

오재원도 뭐라고 대답해야 할 지 몰라서 입을 다물었다.

그의 잘못이 아니다. 맞다 단정 지을 수는 없었다.

재원은 흘끗 시간을 재는 타임워치를 바라봤다. 어느덧 반 나절 밖에 남지 않았다.

반나절이 지나면 이현인이 다시 약을 주입하기 시작할 것이고. 민혁의 심장이 뛰기 시작할 것이다.

'해답을 가져와라.'

지금 바랄 수 있는 건 그것 뿐이었다.

화탕지옥.

뜨겁게 펄펄 끓는 물에 담가지는 지옥이었다. 콘티누도 지옥의 대왕들도 인정한 가장 끔찍한 고통을 받게 될 곳이었다.

들어가는 순간 온 몸이 뜨거운 불에 익어지는 그 고통은 이루 말할 수 없을 것이다.

인간은 수많은 생명을 팔팔 끓는 물에 산 채로 넣기도 한다. 그리고 그들을 먹는다. 그리고 인간은 같은 인간을 과거에 펄펄 끓는 뜨거운 물에 넣기도 하였다.

민혁은 마른 침을 꿀꺽 삼켰다. 호수 같이 거대한 크기의 가마솥의 물이 수증기를 피워내면서 펄펄 끓고 있었다.

마지막 지옥이었다. 두렵다.

하나하나의 지옥이 이어질수록 두렵다는 감정이 엄습하고는 했다.

거기에 콘티누도 이 화탕지옥을 관장하는 대왕도 이것만큼은 견디지 못할 것이라고 운운했다.

민혁은 심호흡을 크게 쉬었다. 그의 몸은 수증기의 바로 위에 있었다. 뜨겁게 느껴지는 열기에 절로 호흡이 들쭉날쭉했다.

그가 마음의 준비를 끝낸 순간 하강하기 시작했다.

풍더어엉!

펄펄 끓는 물에 빠지는 순간 온 몸이 뜨거웠다. 비명을 지르고 싶었다. 당장이라도 이 지옥 같은 곳을 벗어나고 싶었다.

사람의 몸이 산채로 익어지는 그 고통이란 이루 말할 수 없을 정도였다.

그는 그 안에서 몸부림을 치고 있었다. 하지만 비명은 일체 지르지 않았다.

힘껏 버텨내고 있었다. 이 마지막 지옥만 견뎌낸다면 절대적인 마신을 쫓을 수 있게 될 것이었다.

한 시간이 흘렀나? 두 시간이 흘렀나? 아니 정확하게 시간은 알지 못했다. 그저 버틸 뿐이었다.

새하얗게 질려버린 머릿속. 그 머릿속에서 무언가 보이는 것만 같았다. 이제까지 그 어떤 지옥에서도 다른 무언가를 생각하지 못했다.

하지만 그는 분명히 무언가를 생각하고 있었다. 그 생각이 무엇인지는 갈피를 잡을 수 없었다.

그때였다. 다섯 자루의 무형검이 진동하기 시작했다. 그는 그조차도 알아차릴 수 없을 정도로 끔찍한 고통에 휩싸여 있었다.

다섯 자루의 무형검의 사이에서 또 다른 한 자루의 무형검이 생겨났다. 무형검은 단 한 자루를 두고 총 여섯 자루가 원을 그린 형태로 차크라 주머니를 감싼 채 박혀 있었다.

무형검이 생겨나는 순간이었다. 민혁은 온 몸의 모든 고통이 사라지는 것을 느꼈다. 아니, 고통도 아니었다.

마치 따뜻한 목욕탕에 들어온 것처럼 포근한 느낌이었다.

민혁은 펄펄 끓는 가마솥 안에서 자신의 몸을 둘러보기 시작했다. 팔, 다리, 상체. 마치 모든 몸이 고통으로부터 자유로워진 느낌이었다.

아니, 단순히 고통으로부터 자유로워지고 있는 것은 아니었다.

육체의 단단함이 강해졌다.

마치 몸이 무형갑이 된 것처럼.

그는 가마솥 안에서 눈을 이리저리 굴리다가 허공을 올려다보았다.

콘티누가 부드럽게 웃고 있었다.

[드디어 얻었군.]

콘티누는 예상했다는 듯한 목소리였다. 그는 무형검의 존재조차도 알고 있었다.

콘티누가 손을 휘익 젓는 순간이었다. 민혁의 몸이 가마솥에서 빠져나와 그의 앞으로 끌려 나와졌다.

[이제 한 자루다.]

"…이해가 안 되는데."

민혁으로써는 이해할 수가 없었다. 마치 자신이 무형검을 얻을 수 있게 도와준 것만 같았다.

콘티누가 손가락을 퉁기는 순간이었다. 두 사람은 작고 아무것도 없는 방에 들어와 있었다.

그가 손가락을 또 한 번 퉁기자 테이블 하나와 소파 두 개가 생겨났다.

콘티누는 앉을 것을 권하면서 자연스럽게 의자에 앉았다. 민혁이 마주 앉았다.

깍지 낀 손으로 그를 바라보는 콘티누의 앞으로 차가 생겨났다. 그가 찻잔을 들어 음미했다.

[코스모스의 의견에 나는 반대거든.]

"…당신도 편에 섰었나?"

그것은 조금 의외였다. 지옥신 콘티누는 그런 것에 관심조차도 없어 보였기 때문이었다.

[무에서 유를 새로이 창조한다. 그만큼 좆같은 소리가 어딨나. 그랬으면 애초에 능력껏 잘 만들던가. 왜 나중에 와서 감당 안 되니까 딴소리야? 세상 모든 이들을 싸그리 다 죽이겠다? 그게 미치광이 권력자가 아니면 무언가.]

콘티누는 직설적이고 쉽게 풀어냈다.

"그런데 왜 숨겼지?"

[확인하고 싶었으니까.]

콘티누는 그의 시선을 받으면서 여유롭게 다시 찻잔으로 입을 가져가 목을 축였다.

[코스모스는 이 세상을 창조한 두 신 중 하나이다. 그런 그와 대적할 자가 어떠한 자인지 궁금했으니까.]

궁금했다. 정말 그뿐일까? 민혁은 콘티누를 바라봤다. 그의 표정에서는 그 어떤 것도 읽히지 않았다.

그는 작게 실소했다. 차라리 콘티누가 말한 것처럼 그저 궁금했었다고 생각하는 게 편할지도 몰랐다.

[곧 돌아가야 할 시간이군.]

"절대적인 마신을 쫓는 방법, 그리고 아직 완전히 지옥에 발을 들이지 않았다는 영혼들. 해답은?"

민혁은 그가 제시한 것들을 모두 해내었다. 만약 그의 말이 사실이 아니라고 가정한다면 그는 지옥 전체를 엎을 수도 있었다.

[해답은….]

콘티누의 입이 열리기 시작했다.

❖ ✛ ❖

주사기를 든 현인이 천천히 민혁의 앞으로 다가서고 있었다. 미혜와 오재원이 긴장된 표정으로 그 모습을 바라봤다.

팔을 타고 액체가 민혁의 몸 속 안으로 스며들기 시작했다.

그의 몸에는 서리가 잔뜩 끼어 있었는데, 주사기 안의 액체를 주입하고 얼마 지나지 않아서 빠르게 온 몸이 녹아내리기 시작했다.

이현인은 바이탈 수치에 집중했다. 일직선을 그리고 있는 선. 선은 꽤 오랜 시간 변하지 않고 있었다.

"뭐야. 왜 이래. 혹시 회생불능 아닌가?"

오재원이 우려 어린 목소리를 뱉었다. 현인은 분명히 언급했다. 20%정도의 확률로 육체가 정말 죽어버릴 수도 있다고.

긴장된 것은 현인도 마찬가지였다. 그는 식은땀을 흘리면서 계속 바이탈을 확인했다.

그리고 이내.

두그은!

삐익!

심장이 크게 요동치는 소리가 퍼졌다. 그와 함께 일직선을 그리던 바이탈이 파도처럼 크게 한 번 요동치고는 다시 일직선을 유지했다.

두근!

두근!

그리고 계속 그와 같은 행위가 반복되더니 빠른 속도로 횟수가 늘어나면서 그 간격도 좁혀지기 시작했다.

"돌아옵니다."

현인의 얼굴로 안도하는 기색이 생겨났다.

세 사람이 민혁의 얼굴을 집중했다. 정말 죽은 사람처럼 하얗기만 했던 안색이 활색을 띠기 시작했다.

"제발."

오재원이 중얼거린 제발이라는 단어는, 그가 지금 난국을 헤쳐나갈 답을 주기를 바라는 것이었다.

꿈틀!

현인의 눈으로 분명히 보였다. 민혁의 검지 손가락이 꿈틀하고 움직이는 것이 말이다.

다른 이들도 그의 몸의 움직임을 포착했다. 죽은 듯이 누워있었던 그의 가슴이 크게 부풀었다가 가라앉았다가를 반복하고 있었다.

삐! 삐! 삐! 삐!

바이탈이 안정적으로 포물선을 그리기 시작했다. 숨을 쉬는 것이 분명히 느껴졌다.

감겨 있었던 그의 눈이 천천히 떠졌다. 세 사람이 일제히 그의 앞으로 성큼 다가갔다.

그들의 얼굴로 걱정이 한 가득이었다. 민혁은 상체를 일으켜 세웠다. 몸이 뻐근하고 무거웠다. 마치 돌처럼 오랜시간동안 굳어 있었던 것 같았다.

"아직은 약빨이 완전히 돌지 못하니까, 조심해야 해."

현인의 우려 어린 목소리였다. 고개를 끄덕인 민혁은 스트레칭을 하듯이 몸 곳곳을 풀기 시작했다.

그 모습을 보면서 오재원은 초조하기 그지없었다.

"어떻게 됐어?"

초조한 질문이 그가 자신이 지옥에서 돌아오기를 얼마나 기다렸는지 알 수 있었다. 아니 정확하게는 해답을 찾았는지.

3일이라는 시간이 지났을 뿐이지만 많은 일이 있었을 것이다. 민혁의 시선이 미혜에게 돌아갔다. 작게 웃고 있었지만 그 뒤로 숨은 슬픔이 보였다.

아버지가 돌아가셨다.

민혁은 침대에서 몸을 일으켰다.

"나 원망 안 해?"

그 물음에 세 사람은 모두 대답하지 않았다.

"방법이라…."

민혁은 그 말을 곱씹었다.

오재원과 김미혜, 현인의 얼굴이 와락 일그러졌다. 그는 방법을 찾지 못한 것 같은 목소리였다.

"그런 건 없었어. 애초에."

그리곤 다시 그들을 둘러보았다.

"원망 안 해?"

다시 한 번 질문했다.

셋 모두 입을 열지 않았다. 꽤나 시간이 지나고서야 미혜의 입이 열렸다.

"네 잘못 아니니까."

"정말 그럴까."

민혁은 쓸쓸한 목소리로 스스로에게 질문하듯 하였다. 그녀는 고개를 끄덕였다.

민혁은 그녀가 아버지를 잃었다는 사실을 알고 있었다. 어쩌면 그를 비롯하여 다른 소중한 사람들을 잃었을지도 모른다.

오재원이나 이현인도 마찬가지일 것이었다.

재원이 입술을 질끈 깨무는 것이 보였다.

"방법은 애초에 없었어. 하지만 재앙은 끝난다."

"뭐?"

그 질문에 재원은 되물었다. 방법은 없었다. 콘티누는 분명히 그렇게 말했었다.

❖ ✛ ❖

[해답은….]

민혁은 콘티누의 입에 시선을 집중하였다. 그는 픽하고 웃음을 흘리더니 고개를 저었다.

[애초에 없었다.]

"뭐?"

민혁의 얼굴이 처참하게 일그러졌다. 그는 흥분을 감추지 못하고 벌떡 몸을 일으켰다. 당장이라도 콘티누의 멱살을 잡고 한 대 가격 할 기세였다.

"똥개 훈련이라도 시켰나!?"

[아니, 그건 아니야.]

콘티누는 다리를 여유롭게 꼬았다. 그 모습이 마치 자신을 약 올린다고 민혁은 그렇게 생각했나 보다.

성큼 그의 앞으로 다가가 멱살을 움켜쥐려는 순간이었다.

[어차피 절대적인 마신. 골든의 능력은 모두 트릭에 지나지 않으니까.]

민혁의 손이 멈칫했다.

[그는 말 그대로 가장 두려운 것, 공포를 이용한다. 다시 한 번 말하지. 그의 유일한 무기는 '공포와 두려움'이다.]

콘티누는 '유일한'이라는 부분에서 조금 힘을 주어서 말했다.

유일한이라는 말을 민혁은 곱씹어보았다. 그의 고개가 홱 돌아갔다.

"실제 살상 능력은 없는 건가? 아니, 하지만 사람들이 죽었어."

[그래, 죽었다. 분명하게. 하지만 이 트릭이 끝나면 모두 원래대로 돌아올 것이다.]

"뭐?"

[말했듯 영혼은 지옥으로 넘어오지 않았다. 정확하게 말하면 절대적인 마신이 지상에 내려서 첫 석궁의 시위를 당긴 순간부터 그가 힘을 유지할 수 있는 시간까지 시간은 흐른다. 그 시간 동안 무수히 많은 사람들이 죽고 고통스러워하며 괴로워했다. 그리고 그가 노리는 사냥감마저도.]

콘티누가 말하는 사냥감. 그것은 바로 강민혁이었다.

[그는 자네에게 제안을 했을 거야. 죽거나, 살면서 이 고통을 맛보거나. 자네가 죽었다면? 그의 승리였다.]

콘티누는 서늘하게 웃었다.

[하지만 자네는 스스로 죽는 것을 택하지 않았다. 그의 능력은 지정자를 통해서 발동된다. 그 지정자는 바로 계승자인 너였고. 네가 죽었다면 실제로 그 사람들은 모두 죽었을 것이다. 하지만 이제 너는 그로부터 승리했다. 시간은 다시 절대적인 마신이 나타나기 전으로 돌아갈 것이다.]

"하지만 그런 능력으로 절대적인 마신이라는 호칭을 얻을 수가 있는 건가?"

콘티누는 그 말에 황당하다는 듯이 웃음을 흘렸다.

[글쎄, 이제까지 살아오면서 가장 괴로웠던 순간을 겪지 않았나? 수십, 수백 번도 더 죽을까 하는 상상을 했을 것 같은데. 대부분 똑같았고 스스로들 자책감을 느껴 죽음을 택했다. 혹여 죽음을 택했다 하지 않았다고 한다면 골든이 직접 찾아가서 놈의 목을 쳤다.]

그는 턱을 쓰다듬었다.

[골든의 무위는 대단하다. 그리고 그와 함께 어울리는 그 능력. 만약 자신의 능력을 피해간다면 무위로 죽이는 것이고, 그렇지 않다면 스스로 죽게 하는 것이지. 하지만 너는 양 쪽 다 이제 해당하지 않아.]

콘티누가 몸을 일으켰다. 그는 뒷짐을 지고 섰다.

[그의 능력은 하나의 게임과 같다. '따분하다, 심심하다, 재미있고 싶다.' 대부분 그의 연기에 지나지 않는다. 그 게임에서 승리했다. 그리고 골든의 무위로 널 죽일 수는 없다. 완전한 너의 승리. 정확하게는.]

콘티누의 바로 뒤의 공간이 열렸다. 그와 함께 한 사내가 공간을 비집고 걸어 들어왔다.

[우리의 계획대로다.]

사내는 누런 피부를 가지고 있었다. 검은 색으로 둘러진 갑각은 멋들어지는 모습이었고 왼손에는 검은 색 석궁을 들고 있었다.

[절대적인 마신. 골든이다.]

그 사내를 대신해서 콘티누가 말했다. 민혁의 눈이 크게 떠졌다.

골든은 능글맞게 웃고 있었는데, 그 웃음이 소름이 끼칠 정도였다.

"계획이라니?"

설마 그들이 꾸민 꿍꿍이가 있는 것인가 싶었다.

[우리는 도박을 걸었고 계승자는 이겨냈다. 그리고 그 기간동안 절대적인 마신은 자칸의 눈을 피할 수 있었다.]

[아주 훌륭하게 잘 따라와 주더군. 고맙게도. 자칸은 추호도 의심하지 못하였을 것이다.]

"모든 것이 연기였다고?"

민혁의 미간이 찌푸려졌다. 계획이라면 이 모든 것을 예상했다는 이야기처럼 들렸다.

[연기는 아니었다. 이겨내지 못했다면 너는 정말 죽었을 것이다.]

음침한 목소리로 골든은 낄낄 웃었다.

"그렇다면 자칸의 눈을 피해서 해낸 것이 도대체 뭐지?"

자신에게 도움이 되게 위해서 연기를 했다고도 볼 수 있었다. 꼭 그들을 원망하고 탓하고 있을 수 만은 없었다.

분명한 이유가 있었을 것이다. 지금 보면 콘티누와 골든은 분명하게 민혁의 편이었다.

자칸은 지옥을 통해서 절대적인 마신을 소환하려 했다. 그 과정에서 콘티누도 개입되기 마련이었다.

콘티누가 중재해서 그의 소환을 제지할 수도 있는 노릇이었다. 허나, 자칸은 그러지 못하게 미리 손을 써뒀다.

영리한 자였다. 때문에 그만큼 영리한 자의 허를 찌른 것이다. 애초에 골든은 자신들 편에 서있었고, 일부러 그를 자칸에게 보냈다.

[일단은 내가 더 즐길 수 있다는거? 크흐.]

골든은 그저 웃었고, 설명은 콘티누가 해주었다.

[바로 통로다.]

"통로?"

[골든은 그 시간동안 통로를 개척했다. 계승자인 네가 있는 차원에.]

[아주아주 잘 숨어 있는 던전이었지.]

골든은 자신이 참 잘했다는 듯 흡족하게 웃었다.

[혼돈의 구슬이 나타나고 한 시간에서 두 시간 내지에 폭발을 일으킬 것이다. 그것이 폭발하는 순간, 모든 것이 흔적도 없이 사라질 것이다.]

콘티누의 표정이 심각했다.

[혼돈의 구슬이 어떻게, 어디서 나타날지는 정확하게 알지 못한다. 하지만 지구에서 나타날 확률이 매우 높다, 아니 거의 확실하다. 중요한 포인트는 바로 그것이다. 한 시간에서 두 시간 사이에 나타난 혼돈의 구슬은 폭발하며, 그 사이의 시간에 세상에 있는 혼돈의 구슬의 힘은 약하다는 것이다.]

민혁은 집중해서 귀를 기울였다.

[그 때문에 코스모스는 '신군'을 보낼 것이다. 신군은 코스모스가 거느리는 강력한 무력을 자랑하는 집단이다. 그 하나하나가 지구라는 차원 하나쯤은 며칠이면 날려버릴지도 모른다.]

신군은 콘티누가 알고 있는 가장 위대한 군사들이었다. 또한, 신군 하나하나가 가진 무위는 상상을 초월했다.

민혁이 예전에 상대했던 발록의 군사들은 그들 하나가 손을 한 번 휘저으면 그대로 사라질 것이다.

[그 신군들이 혼돈의 구슬을 호위할 것이다. 가장 혼돈의 구슬이 약한 그 시점은 깨부수기에도 가장 좋은 시점이다. 때문에 막는 것이다. 너 혼자서 신군들의 틈을 뚫는 것은 불가능하다. 시간이 촉박하고 위험해. 그리고 신군들 뿐만이 아니지.]

콘티누는 한숨을 뱉었다.

[다른 신들도 개입하기 시작했다. 코스모스의 편에 서기

시작했고, 그들을 끌어들이는 것이 바로 자칸이다. 자칸이 그 축이 되고 있고 이대로면 새롭게 창조될 세상의 절대신은 바로 자칸이 되겠지.]

콘티누는 나라 꼴 잘 돌아가겠다 하는 표정으로 쓰게 웃었다.

[허나, 우리 편에 선 신들도 상당하다. 소멸되는 한이 있더라도 자신들의 차원과 생명들을 지키고 싶은 이들이다. 그들은 분명히 지키고 싶어한다. 또한, 이 지옥의 수많은 신들도 우리의 손을 들어주는 자들이 상당하다. 혼돈의 구슬이 떠오르는 날. 지옥을 중점으로 몰려든 신들과 지옥에 있는 신들이 신군을 뚫기 위해 출정할 것이다.]

콘티누가 손을 휘저었다.

순식간에 셋이 함께 공간을 이동했다.

민혁의 앞에는 한 쪽 무릎을 꿇고 4열로 각을 잡고 앉아 있는 자들이 보였다.

그들에게서 뿜어지는 기세는 하나같이 무시할 수 없을 정도로 보였다.

[지옥의 신들은 이곳을 벗어나는 순간 몇 시간 안 돼서 완벽한 소멸을 맞이하게 된다. 그것이 코스모스와 카오스가 정한 형벌이다. 그것을 각오하고서라도 지키겠다는 의지다.]

콘티누가 민혁을 바라봤다.

[혼자가 아니다. 뒤에서 우리가 받쳐주겠다. 혼돈의 구슬을 부수고 코스모스의 심장에 칼을 박아라.]

＊ ＋ ＊

"재앙은 끝난다니?"

민혁은 재원의 의아한 음성에 생긋 웃으며 고개를 저었다. 그는 그저 미혜와 재원, 현인을 바라봤다.

"날 원망하지 않아줘서 고맙다."

그저 묻고 싶었을 뿐이다. 혹여 자신을 원망하지는 않았는지, 자신을 죽이고 싶을 정도로 증오하지는 않는지 말이다.

민혁은 미혜를 바라봤다.

"고마워."

미혜는 아무런 말도 하지 않았다. 민혁의 시선이 창밖으로 돌아갔다. 어느덧 해가 지고 있었다.

"갈 곳이 있다."

민혁은 그 말을 끝으로 그곳에서 사라졌다. 그가 나타난 곳은 외딴 곳에 위치해 있는 던전의 앞이었다.

던전으로 그는 지체하지 않고 들어갔다.

들어서자 괴수들이 민혁의 앞을 막아서며 덤벼 들었지만 추풍낙엽처럼 휩쓸렸다. 그는 빠른 속도로 깊숙이 들어갔다.

그리고 그 던전의 끝에서 절대적인 마신인 골든과 만날 수 있었다.

골든은 민혁이 당도하자 또 다시 그 재수 없어 보이는 웃음을 짓더니, 찡긋 눈 한쪽을 감았다가 떴다.

[날 찾아내다니, 놀랍군.]

골든은 마치 아무것도 모른다는 듯이 말하고 있었다.

"찾아내는데 아주 힘들었지."

두 사람은 함께 연기를 하고 있는 것이었다. 자칸은 혹여 지켜보고 있었을 지도 모른다. 골든은 통로를 개척할 때만큼은 그의 눈을 확실히 피했다고 한다.

그리고 지금의 경우는 민혁이 스스로 절대적인 마신을 죽이는 장면을 연출해야 한다. 아니, 연출한다보단 정말 죽이게 될 것이었다.

그렇게 되면 골든은 강제적으로 다시 지옥으로 돌아가게 될 것이었다.

골든이 석궁을 고삐 잡았다.

[내 능력은 그 어떠한 신보다 뛰어나다. 그리고 내 무위는 그 누구도 넘지 못했다.]

절대적인 마신이라고 칭송 받을 수 있었던 이유. 두 마리 토끼를 모두 잡고 있었기 때문이었다.

골든의 눈이 가늘어졌다.

자신은 그의 손에 죽을 것이다. 척 보기에도 계승자인 민혁의 무위는 자신보다 몇 발은 더 앞섰다.

하지만 싸워보고 싶었다. 그리고 자신과 콘티누가 뒤를 맡길 그가 어떠한 자인지 알아보고 싶었다.

콰앗!

총알보다도 더 빠른 화살이 민혁을 향해 날아왔다. 그가 땅을 박차고 움직이는 순간이었다.

어느덧 골든은 민혁의 바로 옆에서 머리에 석궁을 겨누고 있었다.

파앗!

그가 석궁을 조준하고 쏘는 순간 민혁은 몸을 낮춰서 피해내며 그의 턱을 향해서 주먹을 날리고 있었다.

❖ ❖ ❖

[쿨럭!]

절대적인 마신. 골든의 모습은 처참하기 그지 없었다. 민혁은 자비도 멈춤도 없었다. 그들이 자신을 위해서 만들어준 만찬이었다.

망설인다면 자칸이 눈치챌지도 몰랐다. 바닥에 힘없이 누워있는 골든은 다시 민혁을 향해서 팔을 들어올려 보이며 석궁을 겨눴다.

스르르!

투욱!

민혁이 무형검 한 자루로 그의 팔을 베어버렸다. 석궁이 바닥에 떨어지고 그의 팔이 스르르 먼지가 되어 허공에 흩어졌다.

"내가 승리했다. 이 빌어먹을 새끼. 너 때문에 많은 사람들이 죽었어."

[크흐흐흐, 난 너에게 죽는다. 하지만 나는 너의 것들을 많게 앗아갔다. 오히려 나의 승리지.]

두 사람의 연기는 계속되었다. 민혁은 결국 그의 목을 향해서 무형검을 휘둘렀다.

골든의 입가에 아주 작은 미소가 스치고 지나갔다. 그리고 그는 스르르 먼지가 되어서 허공에 흩어졌다.

❖ ❖ ❖

오재원은 불현 듯 사라져버린 민혁 때문에 골치가 아픈 표정이었다. 심란한 표정으로 담배를 입에 문 그는 창가의 앞에 서서 활인길드를 향해서 원망어린 원성을 내는 국민들을 바라보고 있었다.

그의 옆에는 미혜와 이현인도 함께였다.

그 순간이었다. 재원의 눈에 똑똑히 보였다. 허공으로 밝은 빛이 쏘아지고 있었다. 그것은 마치 빠른 속도로 날아오르는 우주선 같았다.

"저게 뭐야."

그의 뒤쪽에 서 있던 미혜와 현인도 자신들도 모르게 몇 걸음 앞으로 나서고 있었다.

하늘의 구름까지 뚫고 올라간 그 빛은 이내 번쩍하면서 폭발했다.

후우우우웅!

"허억!"

깜짝 놀란 재원이 놀란 신음을 흘렸다. 번쩍이며 폭발한 빛은 빠른 속도로 주변을 잠식하기 시작하였다.

잠식을 시작한 빛. 그리고 그 빛 안에서 모든 것이 원래대로 돌아가기 시작했다.

유지인의 자리를 대신해서 앉아있던 여인이 온데간데 없이 사라졌다.

그곳에는 다시 유지인이 나타났다.

얼마 전 죽었던 이동현이 출근하던 길. 그는 다시 집으로 되돌아가지 않고 출근하는 모습으로 나타났다.

그의 아내와 아이는 다시 침실 위에서 생겨났다.

시계의 추가 매우 빠른 속도로 돌아가기 시작하였다.

이곳 지구의 차원에서 정확하게 골든이 모습을 드러내었을 때까지의 시간의 전으로 돌아가는 것이었다.

이 차원 안에서 벌어졌던 모든 일을 기억할 수 있는 유일한 사람은 강민혁밖에는 없었다.

빛은 계속해서 세계로 뻗어 나가고 있었고, 죽었던 사람들 모두가 다시 생겨나고 있었다.

그들의 머릿속에 하얀 백지장이 되듯이 이 며칠 간의 끔찍했던 기억이 사라지고 있었다.

시위대가 부쉈던 물건들이 다시 원래의 형태로 변화하고 분신자살을 했던 이들도 다시 살아난다.

이 모든 것이 강민혁이 승리했기 때문에 되돌릴 수 있었던 것이다. 그가 만약 패배하고 스스로 자결했다면 모든 것은 돌아오지 않았을 것이다.

어느덧 그 빛은 서서히 힘을 잃고 사라지기 시작했다.

눈을 뜬 미혜는 TV를 보고 있었다. 방금 전까지 오재원의 집무실에 있었다는 사실을 그녀는 꿈에도 알지 못했다.

삑! 삐삑! 삐비비빅!

소파에 앉아서 TV를 보고 있던 그녀는 몸을 일으켰다. 아버지가 퇴근하실 시간이었고 비밀번호 누르는 소리가 났다.

문이 열리면서 항상 보았던, 그가 들어오고 있었다.

"오늘은 웬일로 집에 있어?"

"아빠하고 저녁 먹고 가려고."

미혜는 그에게 총총 다가가서 팔짱을 끼었다. 때마침 어머니가 주방에서 나오시고 계셨다.

"밥 금방 되니까 씻고 조금만 기다려."

아버지가 침실로 들어가자 미혜는 다시 소파에 앉아 TV를 보기 시작했다. 어느덧 옷을 갈아입고 나온 그가 미혜의 옆에 앉았다.

"에이, 무슨 예능이야."

"또 야구 보려고 그러지?"

"야구가 재밌지. 저런 예능 보면 웃기기나 해?"

아버지와 나란히 앉은 미혜는 리모컨을 뺏어 드는 그를 보면서 입을 삐쭉 내밀었다.

"당신 씻고 나오라니까. 오자마자 TV 앞에 앉아?"

어머니가 주걱을 든 채 으르렁 거리자 아버지가 헛기침을 하면서 리모컨을 스리슬쩍 미혜에게 건네주었다.

"허험, 아니야. 바로 씻으려고 했어."

"아싸."

미혜는 다시 리모컨을 획득했다는데에 기쁜 표정이었고 아버지는 씻기 위해 화장실로 들어가셨다.

그녀는 예능을 보면서 키득거리면서 웃었다.

그녀는 아무 것도 알지 못했다. 그리고 다른 이들도 어떠한 일이 있었는지 아무도 몰랐다.

❖ ✤ ❖

절대적인 마신이 패배했다. 그는 지옥으로 강제로 끌려들어갔다. 자칸은 의외라는 표정이었지만 크게 감흥은 없는 표정이었다.

그의 앞에는 수십이 넘는 숫자의 신들이 그의 앞에 서 있었다. 개중에는 분명히 못 마땅해 하는 듯한 신도 보였다.

어째서 자칸 따위가 자신들을 이끄는 주축이 되며 코스모스님이라도 된 것마냥 거만하게 자신들을 내려다보는지 이해할 수 없다는 모습이었다.

[엘레베르의 개였던 자 따위가 말이야.]

한 사내가 대놓고 자칸을 비웃고 있었다. 자칸은 겉으로 보기에는 무척이나 질 안 좋게 신이 된 케이스였다.

결국 그는 일반적인 마족에 지나지 않았고, 뒤에서 엘레베르의 등에 칼을 꽂아 올라선 자로 보이는 것이다.

방금 전 그 말을 했던 사내는 헤라클레스처럼 울긋불긋한 근육을 훤히 드러내고 있는 건장한 사내였다.

그는 오레토라는 차원을 이끄는 신. 그레핀이었다. 오레토 차원에는 브록이라는 종족이 살고 있었는데 그들은 대부분이 일반 종족들보다 힘이 두 세배 가량은 센 이들이었다.

[불만 있는 자들이 많은가 보군.]

자칸은 여유로운 표정을 지우지 않은 채 그들을 하나하나 눈에 넣고 있었다.

[당연한 것 아닌가? 너 따위가 우리들을 이끌려 하다니, 우습기 그지없어. 당장 그 자리를 내놓고 물러나라.]

그레핀은 기세등등하게 양 팔짱을 끼면서 앞으로 나섰다. 그는 무위로서는 지금 모인 신들 중에서 손에 꼽을 정도로 강한 자였다.

그만큼 자신이 이들을 이끄는 축으로써 부족하지 않다고 생각하는 것이기도 하다.

[절대신의 자리를 원하는가?]

그의 질문에 그레핀의 얼굴에 찰나의 순간 작은 웃음이 스치고 지나갔다.

코스모스와 카오스. 그 두 신의 자리는 절대 넘볼 수 없는 것이었다. 허나, 절대신의 자리는 달랐다.

그 자리는 충분히 오를 수 있었고 모든 신들보다 정점에 선 위치를 보여준다.

[그렇다면 기어 와서 내 발등에 키스나 한 번 해보지.]

몸을 일으킨 자칸이 한 발을 내밀면서 비웃었다. 그레핀의 얼굴이 일그러졌다. 그가 성큼성큼 자칸을 향해서 걸어갔다.

[너 같은 마족 따위 죽이는 것은 나에게 일 따위도….]

다른 신들은 모두 짐작했다. 자칸의 머리가 비상하다는 것은 알았지만 그뿐이라고. 때문에 놈의 머리가 비틀릴 거라고.

차라리 정말 자칸보다는 그레핀의 말을 따르는 게 나을 거라고 대부분 생각했다. 그 순간이었다. 그레핀이 우뚝 걸음을 멈췄다.

[끄흐윽?]

자칸은 아무런 행동도 취하지 않았다. 그는 다시 자신의 자리에 앉았다.

[하나 말하지 않았군.]

그레핀이 부들부들 몸을 떨면서 자신의 하체를 내려다봤다. 발가락부터 시작해서 서서히 몸이 먼지가 되어서 사라지고 있었다.

[내 말을 어기는 것은 코스모스님에게 대항하는 것과 같다. 그분이 날 선택하신 이유는 괜히 있는 것이 아니다.]

그의 눈이 가늘어졌다.

자칸은 영특하고 똑똑하다. 엘레베르는 여덟의 마신들에게 능력들을 나누어주었다.

그런데 자칸은 똑똑하다라는 것만 가지고 있었을까? 아니다. 그의 힘은 자신에게 공격성을 가진 이를 헤치는 능력을 가지고 있었으며 코스모스의 손길 한 번에 더욱더 그 능력은 진화되었다.

[이노옴!]

사라져 가면서도 그레핀은 분노한 표정으로 그를 향해 다가오고 있었다. 하체가 없었지만 팔로 기어서 계단을 넘고 올라갔다.

어느덧 그는 자칸의 발을 향해서 손을 뻗고 있었다. 그는 한 발자국 물러나 그 손을 피해내고는 생긋 웃었다.

[개는 짖는 것이 아니란다.]

그는 소름끼치게 웃으면서 다른 신들을 향해서 시선을 돌렸다.

그들은 자신들도 모르게 마른 침을 꿀꺽 삼키면서 그 시선을 회피하고 있었다.

[이곳에 있는 이유가 무엇인가.]

자칸은 그들에게 질문했다. 수십이 넘는 이 신들은 전부 막강한 자들이었다. 그들을 자신의 발밑에 두게 될 것이다.

그레핀이라는 놈 덕분에 그것이 더욱 수월해질 것 같았다.

[살아남기 위함이 아니던가.]

자칸은 그들을 유혹했다. 자신과 함께 선다면 코스모스
는 그 자비로움을 이용해서 그들조차도 새로운 세상의 신
들로 이끌어 줄 것이라고.

사실은 모두 거짓된 것이었다. 그들은 세상이 사라지는
날 함께 사라지게 될 것이다.

그러나 자신의 달콤한 속삭임을 이겨내지는 못할 터였다.

[이중 어쩌면 코스모스님은 나보다 더 유능한 신을 데려
가려 할지도 모른다.]

그 의미를 신들은 알았다.

[그 말은 절대신의 자리는 정해진 것이 아니다인가?]

한 여인이 흥분 어린 표정으로 질문하고 있었다. 절대신.
이름만 들어도 기분 좋아지는 것이었다.

[그렇다. 허나, 나에 대한 불복종은 그분에 대한 대항과
도 같다는 걸 다시 거듭해서 말한다.]

자칸은 그렇게 말하면서 계단을 밟고 내려갔다.

[배반하는 자는 소멸되어 사라질 것이다.]

그의 눈이 차갑게 가라앉았다. 그는 신들의 옆을 지나치
면서 그들의 어깨 위로 자신의 손을 올려 강하게 주물러 주
었다.

[허나, 복종하며 충성하는 이에게는 그만큼의 대가가 따
르게 될 것이다. 어쩌면 새로운 세상은 신들에게 더욱더 화
려하고 아름다울지도 모른다.]

화려하고 아름답다. 그것은 충분히 매혹적인 것이었다. 덧붙여 그들에게 선택의 기로는 없었다.

자칸에게 복종하지 않으면 혼돈의 구슬이 세상에 터뜨려지는 날 꼼짝도 없이 자신들은 사라지게 될 것이었다.

[얼마 남지 않았다. 혼돈의 구슬이 세상에 모습을 드러낼 날이. 혼신의 힘을 다해서 구슬을 사수한다.]

그의 눈이 날카롭게 빛났다.

[그리고 강민혁. 계승자의 목숨을 앗는 자에게 절대신의 자리가 있을 것이다.]

그는 다시 계단을 밟고 올라가면서 휙 신들을 돌아봤다.

[그분께서 영광을 주셨다. 지금 당장부터 신들은 그 어떤 차원으로 넘어간다 하여도 온전한 힘을 발휘할 수 있을 것이다.]

그들의 눈이 크게 떠졌다. 반의 힘과 온전한 힘의 차이는 매우 컸기 때문이다.

[지금부터 전쟁이 시작될 것이다.]

2. 절대신

NEO MODERN FANTASY STORY

RAID

신의 탄생

레이드

　　차원을 관리하는 알렉스마저도 절대적인 마신의 죽음과
함께 그 일을 기억하지 못하고 있었으며 파괴신도 마찬가
지였다.

　　이곳 차원의 이들의 기억은 모두 리셋되었다. 단 한 사람
민혁을 제외하고서.

　　"그런 일이 있었다고."

　　알렉스는 조금은 놀란 표정이었다. 지옥신 콘티누와 절
대적인 마신이라 불렸던 골든이 자신들의 편이었다.

　　"고통의 끝에서 또 한 자루의 무형검을 찾다…."

　　알렉스는 그 말을 곱씹었다. 어쩌면 지옥신과 절대적인 마
신은 이미 카오스의 부름에 앞서 응답한 자들일지도 몰랐다.

특히나 지옥신 콘티누는 카오스가 가장 먼저 만들어낸 창조물이기도 하였다. 그는 앞서 설명했듯이 수많은 것을 알고 있었다.

"지옥의 신들의 숫자는 네가 보았던 것보다는 훨씬 더 많을 것이다. 그들이 우릴 돕는다면 강한 전력이 되어줄 것이다. 문제는 역시나 신군이다."

알렉스의 표정은 심각했다. 파괴신도 신군에 대해서 아는 것 같았다.

[신군과 난 겨뤄본 적이 있다.]

파괴신은 카오스를 가장 측근에서 모셨던 자이다. 그는 코스모스가 거느린 신군에 대해서 꽤나 잘 알고 있었으며 그들과 싸워보기도 하였었다.

[나도 신군의 넷 정도 밖에는 상대하질 못한다.]

민혁의 미간이 찌푸려졌다. 지금 파괴신보다 민혁의 무위가 조금 더 앞서긴 하는 편이었다. 그렇다고 해서 그의 무위가 약하다는 것은 아니었다.

그 어디를 가도 파괴신에게 대적할 자가 없을 것이다. 그러한 파괴신이 상대할 수 있는 신군의 숫자가 넷 밖에는 되지 않는다.

그것은 심각한 문제였다. 아무리 신들이 돕는다고 하여도 신군을 감당할 수 있을 것인가.

"카오스에게는 신군과 같은 군사가 없나?"

코스모스가 가지고 있는 막강한 전력. 카오스에게도 있지 않을까 싶어서 물었다.

파괴신은 잠시 뜸을 들이더니 쓰게 웃었다.

[카오스님은 그런 것에 관심이 없으셔서.]

"흠?"

민혁은 고개를 갸웃했다. 알렉스가 피식 웃었다.

"그분의 우유부단함과 장난스러운 성격은 대부분의 신들이라면 한 번쯤 들어본 이야기지. 그게 사실이었나 보군."

파괴신은 그 말에 고개를 끄덕였다.

"혼돈의 구슬이 나타나는 시기는 우리들 중에서는 아무도 모른다."

알렉스는 민혁과 파괴신을 한 번씩 번갈아 봤다.

"하지만 이제부터가 진짜 시작일 것이다. 서둘러서 신들과 접촉하여 확실하게 우리의 편으로 만들어야 한다."

신들이 카오스의 편에 서기로 했다는 것은 반길 일이었다. 허나, 그것이 강민혁의 지배하에 오겠다는 것은 아니었다.

신들은 자존심이 강하다. 당연한 것이었다. 한 차원에 군림하는 자들이었으니까.

그런 그들이 한낱 차원의 생명체 중 하나인 인간인 민혁의 지휘를 들을 것인지는 의문이었다.

❖　❖　❖

　화려하게 은빛으로 빛나는 플레이트 아머를 착용한 사내
가 걸어 들어왔다. 그가 걸어 들어오자 길게 뻗어있는 테이
블을 중심으로 앉아있던 이들이 일제히 몸을 일으켰다.

　사내가 투구를 벗었다. 짧은 머리카락의 사내는 은빛의
머리카락, 은빛의 눈동자를 가지고 있었다.

　척 보기에도 듬직한 체격의 사내는 가장 정중앙의 자리
에 앉았다.

　[아레스. 어떡하죠?]

　레이나라는 여성 신이었다. 그녀는 블레드 차원을 관리
하는 신이었으며 아름다움과 시기의 신이라고 불리는 여인
이기도 하였다.

　아레스라는 남성은 다리를 한쪽 다리 위에 올리고는 양
팔짱을 낀 채 심드렁하게 웃었다.

　[뭘?]

　[절대신의 계승자요.]

　[아. 그거?]

　아레스는 태연하게 웃었다. 하지만 다른 신들의 표정은
아니었다.

　이곳에 모인 이들은 무에서 유를 반대하는 이들이었다.
모든 것이 사라지고 새롭게 창조된다는 타이틀은 코스모스
의 너무나도 이기적인 발상이었다.

더군다나, 이곳의 대부분의 이들은 자신의 차원을 모두가 끔찍하게 아끼는 이들이었다. 그곳에 살고 있는 종족들이 허망하게 죽어가는 것을 보고 싶지 않았다.

코스모스와 맞서기 위해서는 그 주축에 있는 절대신과 계승자와 접촉을 해야 하는 상황이었다.

문제는 계승자가 한낱 인간에 지나지 않다는 사실이었다.

[그게 문제가 될 게 있나?]

아레스는 귀를 후비적거렸다. 이중에서도 평범한 차원의 생명체였다가 계승자가 되고 신의 자리를 계승받은 이들의 숫자도 꽤 될 것이었다.

신들은 두 종류가 있었다. 순수한 혈통을 가진 신이거나 혹은 평범한 생명체에서 선택 받아서 신이 되었거나.

어떠한 신들은 순수한 혈통을 자랑스러이 여기며 평범한 생명체였던 이들을 잡종 취급하기도 하였다.

레이나도 그 부류 중 하나였고 사실 이곳의 대부분의 이들이 그런 부류였다.

허나, 아레스는 조금 달랐다. 그도 생명체였다가 선택받은 자였기 때문이었다.

[분명한 문제이지.]

신들은 겉으로 늙지 않는다. 하지만 살아온 세월이라는 것은 분명히 있었다. 이중에서 가장 영향력 있는 발언권을 가진 레틴이 입을 열었다.

레틴은 3천 년 동안이나 신의 자리를 지킨 이로써 그만큼 따르는 신들도 많았으며 무척이나 영리했다. 그는 척 보기에는 길게 기른 흑발을 가진 미남자처럼 보였다.

[순수한 혈통이 아닌 더러운 피를 가진 이들의 말에 우리가 복종을 할 수는 없지 않은가?]

[지금 레틴 당신이 쳐다보면서 말을 하고 있는 나도 그 더러운 피를 가진 신입니다만?]

아레스의 미간이 찌푸려졌다. 레틴은 헛기침을 크게 하면서 시선을 회피했다.

[아무튼 저희들은 계승자에게 반대합니다.]

레이나는 찬물을 끼얹듯이 써늘한 분위기에 더 얹었다.

[차라리 아레스 님이나 레틴님이 이끌어 주시는 게 낫겠어요.]

레이나는 아레스와 레틴을 한 번씩 바라보았다. 코스모스의 힘에 반대하기 위해 모인 신들의 숫자는 서른 정도였다.

이 중에서 가장 주축이 되는 것은 아레스와 레틴이었다. 둘 중 하나가 자신들을 이끌어 달라는 것이었다.

아레스는 무위가 강하다. 그리고 싸움에 있어서 천재적인 기질이 있었다. 무식하고 다혈질적인 면모가 있기는 하였지만 지휘만큼은 탁월한 자였다.

레틴은 무위는 그다지 강하지 않은 편이다. 하지만 그가 가진 능력은 참으로 유용한 능력이었고, 오랜시간 신의 자리를 지킴으로써 다른 신들의 지지를 받고 있었다.

아레스는 질색이었다. 이들을 이끌고 싶지 않았다. 혹시라도 승리했다는 가정'하를 앞 본다면 이들은 자신들이 뭘 했네, 뭐 했네 하면서 요구하는 것들이 많아질 것이다.

잠시 생각하던 아레스는 기발한 생각이 떠올랐다.

[아직 신이 아니기에 따르지 못하겠다는 것 아닌가?]

[핵심은 그것이긴 하죠.]

레이나가 고개를 끄덕였다. 그는 더러운 잡종의 피면서 아직 신이 된 것도 아니었다.

아무리 잡종이라고 해도 그는 신이 되면 절대신이 될 것이었다. 거역할 수 없는 힘을 가지고 있었다.

[그렇다면 신이 되었을 때 따르면 되겠군.]

[그랬다가 늦으면 어쩔 건가?]

레틴은 심드렁하게 물었다. 그는 아마도 이들을 이끄는 핵심이 되고 싶은 건가 보다.

아레스는 이들을 이끄는 게 귀찮기는 했지만 그래도 레틴에게 넘겨주고 싶지는 않았다.

그도 남의 말을 들으면서 움직일 성격은 아닌 것이다.

[늦을 것 같으면 상황 봐서 내가 지휘하지 뭐.]

아레스는 참 태평하게 말했다. 지금 레틴보다는 아레스가 더 따르는 이들이 많은 실정이었다.

이유는 하나다. 전쟁의 천재였고 무위로써는 누구보다 앞섰기 때문에 신군과 대적한다면 분명히 상당한 능력을 보일 것이었기 때문이었다.

[하지만 그래도 지금 대처를 마련….]

[그거 참, 말이 많네. 이야기는 여기서 끝내지.]

아레스는 레틴이 아쉬운 마음에 물고 넘어지려는 것을 짐작하고 몸을 일으켰다.

그는 다시 투구를 착용했다. 그가 즐기는 것은 여자와 사냥이었다.

다시 사냥을 하기 위해 움직이는 것이다. 그가 걸어나가자 빈 공간에서 빛에 휩싸이면서 무언가 만들어졌다.

하얀 색 갈기와 털을 가진 말이었다. 아레스는 그 위에 올라섰다.

[뭐, 일단은 내가 만나보도록 하지.]

아레스는 이쯤에서 끝내면 레틴의 편에 붙으려는 이들이 있을 것을 알고 선수를 쳤다. 레틴의 얼굴이 일그러졌다.

[우리가 따를만한 자인지 아닌지, 직접 확인하겠어.]

한 쪽 입술을 올려 웃은 그가 말의 옆구리를 가볍게 차자 놈이 빛의 속도로 달리기 시작했다.

❖ ❖ ❖

볼트는 욕심이 많고 교활한 신이었다. 신들은 그를 '교활함과 자만함'의 신이라고 부르기도 하였다.

하지만 이름과 어울리지 않게 볼트가 가진 신들 사이에서의 입지는 매우 작은 편에 속했다.

[계승자를 죽이면 신이 된다. 으흐, 이 얼마나 좋은 이야기인가.]

볼트는 음침하게 웃었다. 그와 함께 앉아있는 신들도 웃고 있었다.

볼트의 앞에 앉아있는 이들은 그보다 더욱더 입지가 낮은 신들이었다. 그들은 달콤한 볼트의 속삭임에 속아 넘어갔다.

자신의 일이 잘 되어 다음으로 구축될 세상에서 신이 된다면 그들에게 좋은 자리 하나씩을 내주겠다고.

지금처럼 무시 받는 신이 되지 않게 하겠다고 말이다.

[인간이라는 종족은 참으로 정이 많다지. 자신의 것들을 빼앗기려고 하면 자신을 버려서라도 지키려 한다고 하네.]

볼트는 비릿하게 웃고 있었다.

인간이라는 종족은 참으로 이용하기 쉬운 감정선을 가진 이들이었다.

[계승자의 가족을 인질로 잡고 그를 죽이자.]

볼트는 사악한 음모를 꾸미고 있었다. 얼마 전 절대적인 마신이 패했다는 이야기는 들었다.

허나, 그는 직접적으로 그의 가족들을 인질로 잡지는 않았다.

볼트는 인질로 잡을 것이다. 그의 부모와 친구들, 그가 소중히 여기는 이들을 하나씩 죽이면서 자신의 검에 복부가 뚫려 죽으라고 명령할 것이다.

[함께 내려가자.]

＊ ＊ ＊

　민혁은 미혜와 현인, 스미스 중태와 함께 앉아 있었다. 그들에게는 딱히 절대적인 마신과 있었던 일에 관련해서 언급하지는 않았다.

　그 일이 있은 후 민혁은 더욱더 미혜에게 마음이 가는 것 같았다. 그녀는 자신을 원망하지 않는다고 말했다.

　물론 속 내는 달랐을 지도 모른다. 그렇지만 그녀는 자신의 잘못이 아니라고 말해줬다.

　"신들의 전쟁 뭐 그런 거야?"

　중태는 앞에 놓인 스무디를 빨면서 미간을 찌푸렸다.

　그들이 신들과 대항할 힘을 갖춘지는 사실 모르겠다. 신들은 무조건 강한 자들은 아니다.

　단, 그들이 가진 다양한 능력이 문제였지.

　때문에 무위 부분에서는 휘페리온이 그들과 대적할 수 있을 지도 몰랐다.

　"비슷하다. 서로 다른 입장에서 서로가 얻으려는 것을 위해 싸우니까."

　"문제군."

　스미스는 심각한 표정으로 담배를 입에 물어 연기를 뿜었다. 민혁의 시선이 돌아갔다.

　"만약 이곳 한복판에서 싸우게 된다면 이곳이 남아나긴 할 것인지."

민혁은 고개를 끄덕였다.

"그 방법에 관련해서는 알렉스와 이야기를 나눠봤다. 신 중에서 혹여 차단벽을 칠 수 있는 신이 있는지. 일단은 피해를 최소한으로 하기 위해 노력할 예정이다."

스미스는 고개를 끄덕였다.

민혁의 시선이 홱 돌아갔다. 신들에게서는 그들만에게서 느껴지는 기운 같은 게 있었다.

파괴신에게서나 골든에게서 느꼈던 것처럼 말이다.

고개를 돌린 민혁은 천천히 밖으로 걸어나갔다. 다른 아이들은 영문을 알지 못하는 표정으로 고개를 갸웃하고 있었다.

"멈춰."

허공에서 번개가 번쩍이는 속도로 빠르게 접근하는 것이 있었다.

다른 사람들의 눈에는 정말 번개와 같을 정도로 번쩍했지만 민혁의 눈에는 훤히 보였다.

하얀 색 말을 타고 있는 플레이트 아머를 입은 기사 같은 인상의 자였다.

[푸드드득!]

백마를 탄 사내가 민혁의 바로 코앞에서 멈췄다.

사람들의 이목이 순식간에 집중되었다. 그들은 웅성거리면서 품속에서 제각기 휴대폰을 꺼내 들고 있었다.

백마를 타고 나타난 중세시대의 기사 같은 자라니. 말에서 내린 사내는 투구를 벗었다. 은빛의 짧게 친 머리카락이 모습을 드러냈다.

사내는 상당한 미남자였다. 촬영을 하던 여인들이 감탄을 할 정도다.

"용무는."

민혁은 굵고 짧았다. 자신에게 적의가 있는 것 같지는 않았다. 앞에 선 사내는 한 쪽 입에 얇은 미소를 띠운 채 자신을 아래에서 위로 훑고 있었다.

[계승자의 자질 확인.]

"자질?"

자신의 자질을 확인하겠다. 민혁은 아레스에게서 느껴지는 기운을 느꼈다. 파괴신이나 자신에 견줄 수는 없겠지만 강한 자였다.

신들 중에서도 꼽을 수 있을 것이라고 장담할 수 있을 정도다.

"정체를 밝혀야 할 것 같은데."

민혁은 카르마를 끌어 올렸다. 적의가 없다고 할지라도 그는 분명히 자신이 모르는 상대였다. 어떠한 위험요소를 품고 있는지 모른다.

뒤쪽에서 미혜를 비롯해서 아이들이 걸어 나왔다.

아레스는 흥미를 가진 표정으로 그들을 보았다.

[절대신의 축복을 받았군.]

아레스는 그들에게서 느껴지는 신들만이 가질 수 있는

힘의 일부를 느꼈다. 그것이 바로 갓 어빌리티.

"정체."

딴 말을 하자 민혁이 그의 멱살을 향해 손을 뻗었다. 그 순간 아레스가 뒤로 한 발자국 물러서면서 빙긋 웃었다.

[나에게 무례해서 좋을 건 없을 거야.]

그는 여유롭게 말했다.

[지금 신들은 나를 중심으로 모였다. 카오스의 편에 설 신들. 신군에 대항할 이들이 필요하지 않나?]

아레스는 누구보다 더 잘 알고 있었다. 절대신의 계승자인 강민혁의 무위는 상상을 초월한다. 어쩌면 혼자서 신군들을 전부 때려 잡을 지도 모른다.

그 정도로 강한 자였다. 아직 인간에 지나지 않은데 그 정도 강하다는 것이 아레스로서는 질투가 날 정도이다.

하지만 문제는 혼돈의 구슬이었다. 혼돈의 구슬은 일정의 시간이 지나면 폭발한다. 민혁이 아무리 강해도 혼돈의 구슬이 폭발할 동안 신군을 제압하지 못하면 아무 쓸모가 없게 된다.

그 신군들을 대신 제지해줄 자들이 바로 자신들이었다.

현재 모인 신들도 벼랑 끝에 몰렸다고 하지만 신군과의 싸움에서 죽음을 맞이할 수 있는 것도 사실이다.

그들은 자신들의 모든 걸 내거는 것이었고, 그들을 이끄는 아레스는 충분히 딜을 할 수 있는 힘을 가졌으며 거만할 수 있었다.

민혁도 그들의 필요성을 느꼈다. 지옥에 머무르는 신들은 이미 골든과 콘티누에 의해서 자신을 돕기로 이야기가 끝난 상황이었다.

하지만 아직 우주를 지배하는 신들의 협조를 구하지는 않았다.

"…필요하다."

그의 대답에 아레스는 만족한 미소를 지었다. 민혁의 눈빛은 말하고 있었다. 자신을 도와주겠냐고.

하지만 아레스는 양 팔짱을 낀 채 고개를 저었다.

[싫어.]

민혁의 미간이 찌푸려졌다. 마치 그는 농락을 하는 것 같았기 때문이었다. 아레스는 눈을 가늘게 뜨면서 표정을 무겁게 했다.

[아직 절대신의 자리에 오르지 않은 인간을 신들은 따르길 거부한다. 이건 내 의사가 아니라 그들의 의사이다. 물론 우리는 싸울 것이다. 허나, 문제는 지휘권이다. 절대신의 자리에 오르지 않는다면 우리는 너를 따르지 않는다. 그 상태에서 혼돈의 구슬이 세상에 모습을 드러내게 된다면 우리는 우리들끼리 스스로 막을 방법을 고안할 것이다.]

아레스는 그의 앞으로 성큼 다가갔다.

[그 전에 절대신이 된다면 우리는 '너'를 따를 것이며 너의 명령에 받들 것이다.]

아레스는 그렇게 말하면서 흘끗 등 뒤에 선 여인을 바라보았다. 그는 눈치만으로 민혁과 미혜가 연인이라는 것을 알 수 있었다.

['어리석은 것들.']

아레스는 보이지 않게 쓸쓸하게 웃었다. 사실 아레스는 강민혁에게 협조하고 싶었다. 하지만 그러기 위해서는 분명한 명분이 필요했다.

[나는 지휘권을 가지고 싶지 않다. 그들을 이끄는 것은 참으로 피곤한 일이야. 하루 빨리 절대신이 되어서 인정 받아라.]

말이야 쉬운 것이었다. 이제 한 자루의 검만이 남아 있었다.

아레스는 다시 자신의 백마에 올랐다. 그는 사방에서 터져대는 플래시에 미간을 찌푸렸다.

고삐를 크게 퉁겼다. 그와 함께 백마가 푸드득 거리면서 빛의 속도로 허공으로 사라졌다.

사람들은 빛의 속도로 사라지는 그를 보면서 감탄을 흘리고 있었다.

허공을 가로지르고 날아가는 아레스의 표정은 추억을 회상하고 있었다. 저처럼 자신도 신이 되기 전 사랑했던 인간 여인이 있었다.

[로이나….]

아레스의 기억의 한 편으로 꽃이 핀 정원에서 빛을 받으며

서 있는 푸른 빛 머리카락을 길게 기른 여인이 스치고 지나
갔다.

그녀는 죽었다. 아주 오래 전에.

['정말이지 어리석어.']

그는 다시 한 번 강민혁에게 속으로 핀잔을 던졌다.

❖ ✤ ❖

미혜는 요근래 아랫 배의 뻐근함과 울렁거림, 두통을 줄
곧 느끼고 하는 편이었다.

활인길드와 계약 되어 있는 병원. 지금은 이현인이 주축
이 되어서 돌아가는 곳의 복도의 벤치에 그녀는 앉아 있었
다.

그녀는 자신의 배를 어루만졌다.

사실 알고 있었다. 이 안에 새 생명이 자라고 있었다. 차
크라를 가진 그녀는, 또 다른 차크라가 배 속에서 꿈틀거리
는 것을 알았다.

헌데, 이 차크라는 자신이 가진 차크라의 기운과 조금은
달랐다.

자신이 품어서는 안 되는 것을 품은 것 같은 느낌이었다.
아직 민혁은 완전한 신이 된 것은 아니다.

그렇지만 그의 피를 이어 받아서 일까.

"김미혜 환자."

간호사가 다가왔고 그녀가 몸을 일으켜 상담실로 들어갔다. 의사는 삐뚤어진 안경을 맞추면서 x-ray사진을 확인했다.

이현인과 친분이 있는 그녀. 거기에 휘페리온의 일원이자 강민혁의 연인인 그녀를 대하는 의사는 조금 긴장하기는 했지만 나쁜 소식이 아니었기에 생긋 웃었다.

"축하드립니다. 임신입니다."

"…네."

이미 알고 있던 그녀였다. 그렇지만 더욱더 큰 확신이 필요 했을 뿐이다. 의사는 의아한 표정이었다.

간호사도 마찬가지였다. 미혜의 얼굴로 일반적인 임산부들이 놀라워하면서 짓는 활짝 핀 꽃 같은 웃음이 없었기 때문이다.

그보다는 앞으로 있을 일에 대한 두려움이 보이는 것 같았다.

미혜는 다시 한 번 자신의 배를 어루만지다가 휴대폰을 품에서 꺼냈다. 그녀는 조심스럽게 메시지를 작성해서 민혁에게 전송했다.

❖   ❖   ❖

"확실히 지휘권은 필요하다. 그들이 복종하는 것과 그렇지 않은 것은 다른 이야기이니까. 복종하게 된다면 공간을 분리하는 방법을 알게 될 지도 모른다."

알렉스는 그가 아레스와 만났다는 것에 대해서 예상하고 있었다는 목소리로 답해줬다.

아레스는 절대신인 자신을 제외하고서 가장 큰 영향력을 쥔 사내였다.

흔히 말하는 더러운 피, 잡종이기는 하였지만 그의 전투에 관련한 천재성은 신군과의 싸움에서 분명하게도 도움이 되어줄 것이었다.

"내가 절대신이었다고 해서 모든 것을 꿰고 있는 것은 아니다. 어쩌면 신군과 싸울 방법에 대해서 아레스는 알고 있을 지도 모르지."

"신군과 싸울 방법? 그런 것도 필요하나."

민혁의 미간이 찌푸려졌다. 그의 성미와는 조금 어울리지 않는 말이었기 때문이다.

"물론이다. 신들도, 그 어디의 자들도 우리를 돕는 이들은 죽음을 각오하는 것이다. 그들의 피해를 최소화해주기 위해 노력하는 것이 우리들의 사명이기도 하다. 신군에 대해서는 그들이 강하다는 것 빼고는 밝혀진 것이 많이 없다. 파괴신조차도 신군과 겨뤄봤다고는 하나 무력으로 압도한 것일 뿐이다. 다른 신들은 신군들에게 무력으로써 압도하지 못하니, 그들을 공략할 방법은 분명히 필요해."

민혁은 고개를 끄덕였다. 가장 주력할 것. 남은 한 자루의 무형검이었다.

그리고 88일의 시간. 이제 일주일이 남았다.

"절대신의 자리에 오르면 모든 것은 따라오게 된다."

알렉스의 눈이 가늘어졌다.

몇 마디 더 대화를 나눈 민혁은 입에 담배를 물고는 휴대폰을 확인했다.

휴대폰을 확인한 그의 눈이 동그랗게 커졌다.

그는 자신도 모르게 벌떡 몸을 일으켰다. 그의 얼굴로 활짝 꽃이 피었다.

알렉스와 파괴신, 이현인은 의아한 표정으로 고개를 갸웃해 보였다.

"무슨 일이야? 미혜가 임신이라도 했어?"

현인은 던지듯이 한 말이었다. 그렇지만 민혁이 대답하지 않고 휴대폰만 뚫어지게 바라보고 있자 그 옆으로 슬그머니 다가갔다가 눈을 휘둥그레 떴다.

정말이었다. 미혜가 임신을 했다. 메시지와 함께 온 것은 초음파 사진이었다.

"축하한다!"

"아이를 임신했다. 이것은 신이든, 인간이든, 어떤 생명체든 축하할 일이지. 축하한다."

[아빠가 되는군.]

그들이 모두 축하해주었다.

"바로 가보려고?"

"그래야지."

"꽃이라도 사가지 그러냐?"

알렉스의 물음에 민혁은 흥분에 차서 공간을 열려고 했고 현인의 말에 그는 좋은 생각이라는 듯이 웃었다.

순식간에 민혁이 공간을 열고 사라졌다.

"좋을 때군."

알렉스는 그가 사라진 자리를 바라보면서 웬지 모를 씁쓸한 미소를 머금고 있었다.

❖ ✥ ❖

아레스는 자신의 앞에 앉아 있는 여인을 믿을 수 없다는 표정으로 바라보고 있었다.

화사한 정원의 중앙. 하얀 색 페인트로 칠한 나무 의자에 앉아 있는 그녀는 예전처럼 푸른 빛 머리카락을 귀 뒤로 넘기면서 자신에게 손짓하고 있었다.

[로이나….]

"어서 이리 와요. 아레스. 꽃이 정말 예뻐요."

자신은 이곳에서 그녀에게 평생을 함께 하자는 약속을 했었다. 그리고 그녀의 숨이 다 할 때까지 함께 하기는 하였다.

살아있는 생명의 대부분의 수명은 너무나 짧았다. 수 천 년을 살아온 아레스에 비한다면.

그녀를 수 천 년 동안 한 번도 잊어본 적이 없는 아레스다.

[어떻게 당신이….]

"에? 그게 무슨 소리예요. 아레스도 참. 당신 이번에 참전하면서 많이 힘들었어요?"

이때 당시의 아레스는 그 차원에서 인정받는 자였다. 전장을 누비는 백마의 아레스라는 이름은 이 차원에서 모르는 사람이 없을 정도였다.

[그, 그랬나 봐.]

자신이 신이 아니어도 좋았다. 그녀만 만날 수 있다면. 이제까지의 모든 것이 꿈이었다. 차라리 그것이 행복할 것 같았다.

아레스는 그녀에게 다가가고 있었다. 그녀의 머리칼을 부드럽게 만지려는 순간이었다.

그녀가 순식간에 사라졌다. 형형색색의 빛을 내던 꽃들이 있던 정원이 걷어지기 시작했다.

화려한 꽃들이 빠르게 시들며 바닥에 녹아서 스며들기 시작했다. 쨍쨍하게 비추던 햇살은 사라지고 어둠이 드리워지고 있었다.

아레스는 로이나를 찾아서 고개를 이곳저곳 틀었다. 그녀는 어디에도 없이 사라져 있었다.

[다시 그녀와 만나고 싶은가.]

한 사내가 걸어왔다. 그의 목소리는 부드러우면서도 묵직한 강한 힘이 있었다. 아레스는 등 뒤에서 들린 목소리에 고개를 틀지 못했다.

강한 위압감이 엄습했다. 마치 이 차원의 모든 중력이 자신의 어깨를 찍어 누르듯이 몸이 움직이질 않았다.

등 뒤로 식은 땀이 흘렀고 숨이 가빠왔다.

백마의 아레스라 불렸던 수 천이 넘는 숫자의 적군을 죽였던 자신이 두려워하고 있었다.

한 사내의 등장만으로.

사내가 한 걸음 한 걸음 떼는 소리가 들릴 때마다 그의 손이 땀으로 흠뻑 젖어가고 있었다.

그가 앞으로 다가왔다. 아레스는 그의 얼굴을 바라봤다. 얼굴이 보이질 않았다. 마치 안면인식 장애가 온 것처럼 그의 얼굴의 형태가 뒤틀려 보여지고 있었다.

[누, 누구냐….]

아레스의 목소리는 자신도 인지하지 못한 채 격하게 떨리고 있었다.

[아레스. 너에게 로이나를 돌려줄 수 있는 유일한 자.]

로이나. 너무나도 그립고 간절한 이름이었다. 아레스는 직시했다. 방금 전 보았던 로이나는 환상에 지나지 않았다.

자신이 신이 되었던 것은 꿈이 아니었다. 이 앞의 자가 자신을 잠시 환상 속에 집어넣은 것이었다.

호락한 자가 아닌 것은 분명해 보였다. 자신을 환상에 빠트렸다. 그리고 존재만으로도 자신의 모든 신경이 떨게 만들고 있었다.

[무슨 개소리를….]

[태초부터 시작한 모든 생명을 만들어내었다. 나는.]

[……!]

아레스는 두 걸음 뒷걸음질 쳤다. 태초부터 시작한 모든 생명을 만들어낸 자는 자신이 아는 지식에서 딱 둘 뿐이었다.

카오스와 코스모스.

[로이나를 돌려주는 것쯤은 어려운 일은 아니다.]

그것은 거짓처럼 들리지는 않았다. 코스모스라는 존재에게 생명 하나를 탄생 시키는 것은 어려운 일은 아닐 것이었다.

세상에는 '이치'라는 것이 존재했고, '운명'도 존재했다. 신들조차도 그것을 깨서는 안 되며 그 규율을 정한 것이 바로 카오스와 코스모스이다.

허나, 이 두 존재는 스스로 만든 이 규율을 깰 수 있는 유일한 자들이기도 하였다.

[얄팍하구나.]

아레스는 그의 비열한 행동에 조소했다.

카오스와 코스모스는 마치 스포츠 게임을 하듯이 선수들을 뽑고 있었다.

둘이 암묵적으로 서로 직접 충돌을 일으키려 하지 않으려 한다는 것은 둘 사이에서 오가는 갈등을 아는 자들이라면 짐작하고 있었다.

만약 직접적으로 둘이 간섭을 시작했다면 이미 모든 것은 엉망진창이 되어 돌아가 버렸을지도 모른다.

지금 코스모스는 남의 팀의 유능한 팀원을 꾀는 '반칙'을 하고 있는 것이다.

[얄팍하다. 그래서 거절하는가?]

코스모스의 목소리는 음침하게 웃고 있었다. 이미 아레스의 마음이 크게 흔들린다는 것을 그는 알고 있었다.

[새로운 세상이 올 것이다. 그 세상에서 로이나와 너는 새로운 생명으로 다시 시작할 수 있을 것이다. 나를 도와라.]

코스모스의 목소리가 엄격해졌다. 마치 왕이 신하에게 하대를 하듯, 그는 아레스를 굴복 시키려고 하고 있었다.

그리고 그 묵직한 음성에 아레스는 자신의 다리에 힘을 강하게 주고 버텨내었다.

[거절하는가? 아니면 수긍하는가.]

코스모스의 목소리는 이미 확신에 차 있었지만 질문했다.

[계승자를 죽이는 것을 원하는가.]

코스모스는 답하지 않고 음침하게 웃기만 하였다.

아레스는 자신의 손을 내려다봤다. 이 손으로 다시 로이나의 머리를 어루만질 수 있었다.

지금의 세상은 선택이다.

카오스의 편에 설지, 코스모스의 편에 설지. 그 선택의 기로에서 아레스는 생각만 조금 바꾸면 정말 다시 로이나를 만날 수 있을 지도 몰랐다.

어차피 앞을 한 치 내다볼 수 없는 싸움이었다. 절대신의 계승자가 죽는 순간, 모든 것은 끝난다.

혼돈의 구슬이 세상을 먹어치울 것이고 코스모스가 원하는 세상이 될 것이다. 어쩌면 그가 말하는 로이나와 자신의 새로운 삶이 시작될지도 몰랐다.

[그러도록 하겠다.]

아레스는 주먹을 꾹 쥐었다. 누군가는 얄팍하다고 비겁하다고 할지도 모른다.

하지만 어차피 모 아니면 도가 될 세상이었다.

[볼트라는 신을 아는가.]

볼트. 교활하고 비겁한 신. 아레스로써는 치가 떨리도록 싫어하던 자였다.

[볼트가 지금 계승자의 가족을 노린다. 그들을 도와라.]

코스모스는 알았다. 볼트와 그가 모은 신들로 강민혁을 죽이는 것은 무리가 있을 것이다.

하지만 아레스가 허를 찌른다면 이야기는 달라질지도 모른다. 또한, 볼트를 비롯한 무리들은 강민혁을 직접적으로 죽일 수 있는 힘을 가지지는 않았다.

그 전에 먼저 당할 것이다.

아레스라면. 그가 가진 힘이라면 강민혁의 심장에 칼을 꽂을 수 있을 것이었다.

[약속을 지켜라.]

아레스의 표정이 가라앉았다. 코스모스. 그가 스르르 먼지가 되어서 허공에 흩어져 사라져 갔다.

❖ ✣ ❖

아이가 생겼다. 그것은 사랑하는 사람이 있는 사람으로써, 남자로써 매우 기쁜 일임이 분명하였다.

민혁의 손에는 형형색색의 장미꽃들이 중앙에 놓이고 안개꽃이 장미를 감싼 꽃다발이 들려 있었다.

벅찬 마음으로 미혜와 만나기로 한 곳 앞에서 기다렸다. 얼마 후 그녀가 나타났다.

그녀는 민혁의 손에 들린 꽃다발을 보고는 작은 웃음을 지었다.

"예쁘다."

민혁은 평소의 그와 어울리지 않는 모습으로 수줍게 꽃다발을 그녀에게 건네주었다.

향내를 맡은 그녀의 미소가 씁쓸해 보인다고 민혁은 찰나 자신도 모르게 생각했다.

"기쁘지 않아…?"

아이가 생겼다. 그런데 그녀의 미소가 석연치 않아 보였다. 질문해서 안 될 것을 알지만 민혁은 물었다.

"아니야, 기뻐. 정말로."

그녀는 고개를 도리도리 저으면서 웃었다. 그제야 민혁의 얼굴로 함박웃음이 생겨났다.

두 사람이 고급 레스토랑으로 향했다. 호화스러운 레스토랑에서 아이가 커가는 미래를 생각하면서 민혁은 흐뭇하게 웃었다.

자신의 피였고 자신과 미혜가 함께 만들어낸 생명이었다. 미혜도 아이가 생겼다는 것에 매우 기뻐하는 것은 사실인 것 같았다.

식사를 끝내고 가벼운 커피를 즐기고 있었다. 민혁의 휴대폰이 요란하게 울렸다.

알렉스였다.

-아레스가 아닌 다른 신들의 힘이 느껴진다.

민혁이 몸을 일으켰다. 아레스를 제외한 다른 신들이 느껴진다. 아레스는 다른 신들을 통솔하는 주축이나 다름 없었다.

그렇다면 아군이 이곳에 온 것 같지는 않았다.

"무슨 일이야?"

미혜는 의아한 표정으로 물었다.

"일이 터질 것 같아. 알렉스가 다른 신들의 힘이 느껴진다고 해. 좋은 일은 아닐 것 같아. 가봐야겠어."

민혁은 바로 뛰쳐 나가려다 아차하며 미혜에게 다가갔다.

"미혜도 바로 집으로 돌아가. 알았지?"

그녀는 고개를 끄덕였다.

"위치는?"

알렉스는 힘이 느껴지는 곳 근처에 대해서 입을 열었다.
민혁의 미간이 찌푸려졌다.

여럿의 숫자인 놈들은 제각기 자신이 가장 잘 아는 곳으
로 향해 있었다.

첫 번째. 활인 길드의 본부.

그곳에는 아버지가 있고, 오재원이 있으며 다른 소중한
이들이 있었다.

두 번째. 얼마 전 어머니가 오픈한 카페였다.

"이런 얄팍한…!"

민혁은 자신도 모르게 입술을 비틀었다. 그는 뛰쳐나가
려다 미혜를 돌아봤다. 혹시라도 미혜도 노린다면?

-네 주위에서도 신의 힘이 하나 느껴지는 게 있다.

민혁도 그 말이 끝나는 순간 느꼈다. 계단을 밟고 올라오
는 누군가 있었다. 그의 눈이 가늘어져 그곳에 집중되었다.

얼마 지나지 않아서 계단을 밟고 올라온 사내를 볼 수 있
었다. 그가 문을 열기 전 민혁은 그의 기운이 익숙해서 누
구인지 알아챌 수 있었다. 아레스였다.

-내 도움이 필요할 것 같은데?

아레스는 능글맞게 웃고 있었다. 민혁은 별 다른 의심을
하지는 못했다. 일단은 아군이었으니까.

아레스는 미혜와 민혁을 한 번씩 바라봤다.

이 둘은 자신과 비슷한 사랑을 하고 있었다. 아레스로서는 마음에 걸리는 찝찝한 부분이기도 하였지만 그 누구라고 할지라도 당장 남이 겪을 아픔보다 지금 당장 자신이 취할 수 있는 것에 눈이 멀기 마련이었다. 아레스도 크게 다를 바는 없었다.

"이 아이의 옆에 있어 줄 수 있겠나?"

[물론. 나를 믿지 못 하나? 너만큼은 아니지만 나 역시 강하다. 지금 나타난 이들은 눈치챘겠지만 '인질'이 목적인 것 같다.]

민혁은 고개를 끄덕였다. 미혜를 한 번 보았다. 아레스가 옆에 있을 것이니 안심이었다.

민혁이 순식간에 그곳에서 사라졌다.

아레스는 천천히 그녀에게 다가가 맞은 편에 앉았다.

[식사는 맛있게 했나.]

아레스는 생긋 웃었다. 그 웃음이 뭔가 이질적으로 보인다고 그녀는 느꼈다.

아차 싶은 그녀가 벌떡 자리에서 일어났다. 그녀는 블링크를 사용해 벗어나려고 했다.

하지만 이미 그 전에 아레스는 그녀의 블링크를 뒤쫓아서 그녀를 쫓아왔다.

파앗!

그가 뒷목을 가격 하자 그녀가 풀썩 쓰러졌다.

[가장 큰 미끼는 네가 될 거다.]

볼트와 다른 신들이 잡으려는 인질. 그들보다 더욱더 영향력을 가진 것이 미혜이지 않을까 아레스는 생각하고 있었다.

자신도 사랑했던 여인이 인질로 잡혀있다면 아마 반쯤 미쳐버릴 것이었다. 그는 백마를 불러 기절한 그녀를 앞쪽에 앉히고 고삐를 잡고 퉁겼다.

[푸드드득!]

백마가 허공을 빠르게 달리기 시작했다.

❖ ✙ ❖

레드빗은 신 중에서도 가장 최하위에 속하는 신이었다. 그는 차원 하나도 제대로 관리하지 못해 갖은 구박을 받는 신이기도 하였다.

본래는 차원 하나를 관리했으나 워낙 미숙하고 어리버리한 행실 때문에 결국 그 차원마저도 남에게 빼앗기고 최하위급 신으로 자리매김하였다.

그렇지만 레드빗도 분명히 신 중의 하나였다. 그는 계승자가 아낀다는 활인길드의 본부로 몰래 숨어 들어왔다.

레드빗이 신으로써 가진 능력은 '공간' 능력이었다. 그는 자신이 만들어낸 새로운 공간에 물건을 집어넣거나 혹은 생명체들을 집어넣을 수 있었다.

사실 신의 능력으로 따져봤을 때는 아주아주 별 볼일

없고 쓸모 없는 능력이었다.

그는 활인길드 본부 전체를 자신의 공간에 집어넣어 격리시켜 버렸다.

활인길드의 본부 안에 있던 사람들은 그 사실을 몰랐다가 밖으로 나가려다가 나갈 수 없다는 것을 깨닫기 시작했다.

오재원은 길드원들의 말을 듣고 바깥을 확인했다. 평소와 다를 바 없는 풍경이 펼쳐져 있었다. 헌데 나갈 수 없다?

그는 1층으로 내려갔다. 많은 길드원들이 웅성거리면서 벌어진 일에 의아함을 감추지 못하고 있었다.

"끄으응…."

강무현이 문을 열기 위해 힘을 주었지만 열리지 않았다. 한 각성자가 주먹에 힘을 주어 차크라를 실어서 유리문을 가격했다.

하지만 태에에엥 하는 소리와 함께 주먹이 퉁겨져 나왔다.

"이게 무슨 일이지."

마치 활인길드 본부가 감옥이 된 것 같은 느낌이었다.

그리고 수많은 사람들이 있는 그 틈에 레드빗이 비열하게 웃고 있었다.

레드빗은 이 공간을 형체도 없이 사라지게 만들 수 있었다. 완전하게 압축시켜 버려서 모두 죽일 수 있다는 것을 의미했다.

그것을 가지고 계승자에게 딜을 할 것이다.

네가 뒈지면 풀어줄게.

그러면서 툭 던질 것이다.

혹시라도 내가 죽으면 공간은 저절로 터져서 모두가 죽게 될 것이라고.

레드빗은 자신의 계획은 완벽하다면서 음침하게 낄낄 웃었다.

하지만 하나 간과하지 못한 것이 있었다. 그의 능력은 분명히 신들의 능력치고 보잘 것 없는 것이었고, 그의 계획은 강민혁 앞에서는 무용지물이 될 것이라는 것이었다.

민혁은 활인길드의 앞에 도착했다. 그는 입구에 모여서 웅성거리는 활인길드의 길드원들을 볼 수 있었다.

"활인."

때마침 이수현이 그를 발견하고 경례를 취해 보였다.

"무슨 일이지?"

"어떤 방법을 써도 들어갈 수가 없습니다. 결계가 쳐진 것처럼요."

"들어갈 수가 없어?"

민혁은 눈을 가늘게 뜨면서 위아래로 건물을 살펴보았다. 그는 건물에서 느껴지는 힘을 느꼈다. 신의 힘이었다.

공간을 완전히 차단했다기보다는 겉으로는 본부가 사라지지 않았지만 공간을 이동시킨 것 같았다.

"비켜보지."

민혁이 앞으로 나서자 길드원들이 양 옆으로 갈라지면서 길을 터주었다.

그가 나서서 손바닥으로 벽과 문을 더듬더듬 만져보기 시작했다.

"어떻게 하시려고 하는…."

"일단 모른다면 힘으로 붙여 보는 수 밖에."

무식한 방법일 수도 있었지만 최선의 방법이기도 하였다. 카르마가 끌어 올랐다. 그가 문을 후려치는 순간이었다.

지이이이잉!

활인길드의 본부만이 크게 진동했다. 마치 피아노 줄이 튕겨져 그 여파가 남아 흔들리듯 공간이 흔들리고 있었다.

민혁은 한 걸음 뒤로 물러났다. 다시 주먹으로 가격하고, 가격하고를 반복했다.

지금의 그의 힘은 주먹 한 번에 빌딩 하나를 무너뜨릴 수 있을 정도로 강력했다. 당장 서울 시내를 한 시간이면 핵폭탄처럼 날릴 수 있는 사내가 민혁이기도 하였다.

쩌적!

"흐음."

민혁은 아주 작은 소리를 들었다. 다른 이들은 듣지 못한 것 같았지만 그의 귀엔 똑똑히 들렸다.

"계속 하실 겁니까?"

이수현은 불안한 표정으로 주위를 둘러보았다. 공간이 진동하는 것과 함께 땅도 함께 흔들리고 있었다.

때문에 지진이 난 것처럼 흔들리자 주위에서 길을 걷던 사람들이 겁에 질린 표정이었다.

민혁은 문을 바라봤다. 방금 전에 들린 쩌적 소리. 그리고 알렉스가 언급하기를 느껴지는 신의 힘이 조잡하기 그지 없다고 하였다.

확실히 사실인 것 같았다. 주먹 몇 번에 신의 능력이 깨지려 하고 있었으니까.

민혁은 다시 주먹을 젖히려고 했다. 그 순간이었다. 마치 건물의 일부였던 것처럼, 건물의 한 틈에서 슬라임 같이 꾸물거리면서 모습을 드러내는 형체가 있었다.

츄욱!

바닥에 투욱 떨어진 그것은 아직 응고되지 않은 젤리가 꾸물거리듯이 사람의 형태로 변하였다.

완전히 모습을 드러낸 자는 검은 피부를 가지고 입꼬리와 눈꼬리가 올라간 이였는데, 머리카락이 오백 여 가닥이 될까말까할 정도로 숱이 적었다.

비열하게 생긴 인상에 절로 미간이 찌푸려질 정도였다.

[나는 볼트이다. 볼트라는 이름. 들어는 봤겠지.]

볼트는 마치 자신이 대단한 신이라도 된 것 마냥 눈으로 웃으면서 말했다.

이수현과 활인길드 길드원들이 그를 경계했다.

그들에게서는 접근하지도 못할 정도의 강한 이질적인 힘이 볼트에게서 느껴졌기 때문이었다.

하지만 민혁에게는 아니었다. 이제까지 접했던 그 어떠한 신보다 약하고, 자만감만 찬 한심한 신의 모습이 보일 뿐이었다.

"들어봤지."

[역시 그랬나.]

그는 다시 음침하게 웃었다. 꼴 보기 싫은 모습이었다.

"용무는?"

[이 안의 공간은 내 손에 의해서 움직여진다. 내가 죽으면 이 공간은 압축되며 사라진다. 모두 죽는다는 것을 의미하지. 다르게는 내 손짓 한 번에 똑같은 일이 벌어질 수 있다.]

그는 눈을 가늘게 뜨면서 성큼성큼 민혁의 앞으로 다가왔다. 검은 피부의 놈이 히죽이죽 웃을 때마다 뻐드러지고 누런 이가 나타났다.

[나는 코스모스님을 따르는 신. 그분의 뜻을 받들어. 너의 죽음을 원한다. 스스로 자결하라. 그렇다면 모두 살려주마.]

민혁은 헛웃음을 뺀 하였다.

골든도 이와 비슷한 방식을 취했다. 물론 그의 방식은 조금 다르게 조여왔다.

골든과 볼트의 차이는 분명했다. 골든은 심리를 확실하게 이용하고 공포로 몰아갔다는 것이고, 볼트는 자신의 능력이 대단한 양, 정말 뜻대로 될 것인 마냥 생각하는 앞뒤생각 못하는 바보 같은 신이라는 것이었다.

"나 스스로 죽으면 모두가 살 수 있나?"

[그렇지. 흐흐.]

볼트의 음흉한 미소. 민혁은 머리를 한 번 어루만졌다.

그는 왼손에 차크라 컨트롤로 붉은 검을 형성해서 자신의 목에 가져다 대어 보였다.

볼트의 눈이 커지면서 입가에 미소가 번졌다.

[그래, 어서 그렇게 하는 거다. 어차피 모두가 사라질 세상 아니던가. 응? 히히!]

볼트의 입 꼬리가 귀까지 찢어졌다. 코볼트라는 괴수의 얼굴 마냥, 놈은 정말 못 생기고 추잡하기 그지 없었다.

민혁은 오른손에 카르마를 힘껏 끌어올렸다. 이제까지 벽을 가격 했던 그 어떤 때보다도 강한 힘이었다.

온 힘을 오른손에 뻗은 그는 왼손으로 목을 그을 듯 가져갔다.

볼트는 한 발자국 늦게 반응했다.

그는 민혁의 힘이 폭사적으로 모이는 것을 늦게 인지했다.

민혁이 워낙 빠르게 힘을 압축시켰기 때문이다.

"볼트. 너는 멍청함을 관장하는 신인가?"

[뭐…?]

볼트가 의아한 목소리를 토한 순간이었다. 민혁의 오른
팔이 뒤로 젖혀지고 다리는 빠르게 움직였다.

그와 함께 왼 손의 차크라 컨트롤이 물처럼 스르르 사라
졌다.

민혁은 왼 손으로 재빠르게 놈의 목을 움켜쥐고는 숨을
못 쉬게 제압했다.

놈이 허튼 짓을 하지 못하게. 그 상황에서 주먹을 활인길
드 본부를 향해서 힘껏 가격 했다.

콰아아아아악!

쿠우우우우우우웅-

엄청난 타격음이 울리면서 땅이 크게 진동했다. 진동 때
문에 사람들이 불안해하는 것은 민혁도 알았다.

하지만 다행이도 강도 높은 지진처럼 건물이 무너질 정
도는 아니었다.

쩌저적!

"볼트. 자신의 능력에 금이 간 것도 모르다니."

[커억, 컥!]

목이 붙잡힌 채 거친 숨을 토하는 볼트는 팔을 버둥거리
고 있었다. 한심하다는 표정으로 그를 내려다보던 민혁은
오른 주먹을 더욱더 힘껏 밀었다.

와장차앙!

공간이 깨지는 요란한 소리가 퍼졌다. 그 순간, 닫혀있던 문이 활짝 열리면서 문을 밀던 활인길드 길드원들이 우르르 문에서 쏟아져 나왔다.

"어어어어!?"

쿠우웅!

"으아! 갑자기 열렸네!?"

"으잉?"

그들은 갑자기 문이 열리자 깜짝 놀란 표정이었다. 재원도 밖으로 나왔다가 민혁이 괴수처럼 못 생긴 사내의 목을 움켜잡고 있는 것을 볼 수 있었다.

"이번 일의 원흉이군."

민혁은 고개만 끄덕여 답했다.

"너를 제외한 신들의 목적도 똑같나?"

[커어억!]

놈의 검은 얼굴에서 붉은 빛이 감돌 정도로 놈이 힘들어하는 기색이 역력했지만 그는 힘을 풀지 않았다.

"이 따위 조잡한 능력으로 나를 협박하려 하다니, 어이가 없군."

민혁은 픽 실소를 흘렸다.

어머니가 계신 곳에는 파괴신이 알렉스와 함께 향했다. 놈도 볼트와 같은 조잡한 신일 것이었다. 아마도 파괴신이 알아서 잘 처리할 것이었다.

볼트는 자신의 힘이 너무나 섭시리 깨지고, 곧 죽게 될 거라는 사실을 직시했다.

어차피 죽을 거. 그는 마지막 힘을 짜내어서 그를 비웃었다.

[크흐… 아레스를 믿는가?]

"뭐?"

아레스는 볼트에게 말했다. 너희들은 실패할 것이라고. 하지만 볼트는 그 말을 귀담아 듣지 않았다.

아레스는 또 다른 방편을 마련하겠다고 하였으며 볼트는 자신의 방식대로 나가겠다고 했다.

볼트는 아레스와 함께 절대신의 계승자를 잡는 것을 나눠먹고 싶지 않았던 것이다.

그 어리석음 때문에 볼트는 죽을 것이다. 아레스는 필히 그에게 '나는 절대신의 자리는 관심 없어, 네놈이 갖든가.' 라고 했음에도 말이다.

[아레스는 켁… 우리의 편이다….]

그 말을 듣는 순간 민혁의 눈이 크게 떠졌다. 그는 홱 고개를 틀었다.

아레스의 기운이 느껴지는 방향이었다. 그는 미혜의 힘을 쫓았다. 둘은 함께 있었다.

그 함께 있는 것이 아레스가 지켜주기 위함이 아니라, 헤치기 위함이라면?

아레스는 분명히 강한 신이었다. 볼트처럼 허술하지 않다.

자신이 빛처럼 빠르다고는 하나, 바로 미혜의 목을 겨누고 있다면 죽이기 힘들어진다. 또한, 민혁은 그가 가진 능력은 아예 알지 못했다.

[낄낄 네놈이 죽던가, 다른 소중한 것을….]

우지지직!

민혁은 손에 힘을 주었다. 볼트의 목이 스펀지처럼 좁혀지면서 그대로 쪼그라 들었다.

놈의 목뼈가 소름끼치는 소리를 내면서 아스라지는 소리가 퍼졌다.

바닥에 투욱 떨어진 놈은 얼마 지나지 않아 재가 되어 허공으로 흩어졌다.

"미혜가 위험한 거냐?"

민혁은 재원의 물음에 답하지 않았다.

그는 그럴 여유조차 느끼지 못했다.

땅을 박차는 순간, 민혁은 그 자리에서 사라져 있었다. 그는 힘껏 둘이 있는 곳으로 달리고 있었다.

❖　✛　❖

아레스는 세 개의 신의 힘이 사라지는 것을 느꼈다. 예상하고 있었던 바였기 때문에 그는 크게 감흥이 없는 얼굴이었다.

미혜는 그의 옆에 앉아서 부들부들 떨고만 있었다. 그녀는 무의식적으로 자신도 모르게 계속 배를 어루만졌다.

[아이를 배었나?]

아레스도 짐작한 것인지 무표정한 채 물었다.

미혜는 고개만 작게 끄덕였다.

[신과 일반 생명체의 사랑만큼 어리석은 것도 없지.]

아레스는 실소를 흘렸다.

그 어리석은 사랑을 자신이 했고, 그 사랑 때문에 지금 자신은 돌아섰다.

"당신은 우릴 도우려고 했잖아요."

미혜는 떨리는 가슴을 진정시키고 물었다.

[생각이 바뀌었다.]

"왜요…?"

[내가 원했던 걸 다시 얻을 수 있게 될 지도 모르니까.]

"그게 바로 당신이 사랑했던 여인인가요?"

아레스는 대답하지 않았다. 여자의 직감이라는 것은 참으로 무서운 것이었다. 방금 전 아레스의 눈빛은 어리석다 말하고 있었지만 눈동자만큼은 크게 떨리고 있었기 때문이다.

[…그래. 내가 나쁘다고 생각하지 마라. 어쩌면 네가 사랑하는 그 자도, 너를 잃은 후에 나처럼 변할 지도 모르니까.]

아레스는 민혁이 이곳으로 빠른 속도로 접근하는 것을 알았다.

그를 바라보듯 그가 오고 있는 쪽으로 시선을 틀면서 계속 입을 열었다.

[죽은 자보다 남겨진 자가 더 가슴 아프다는 것을 아나.]

그는 쓸쓸하게 웃었다.

[죽으면 끝이지만 나는 수 천 년을 그리워했다. 그녀의 머리카락, 숨결, 목소리, 눈동자. 그 모든 것을 수 천 년 동안 그리워하는 기분을 아는가?]

아레스는 한숨을 크게 뱉어냈다.

[아마도 모를 것이다. 차라리 죽으면 만날 수 있을 것을 안다. 나는 신이니까. 지옥이 존재함을 안다. 그곳에서·그녀를 다시 만날 수 있음을 안다. 하지만 그것을 허락해주지 않지.]

아레스는 멍한 표정으로 허공을 바라봤다.

[신이 되는 것은 참으로 더러운 것이다. 내 진짜 소중한 것이 아닌, 남의 소중한 것을 바라봐줘야 하니까.]

"모르겠어요."

미혜는 고개를 저었다.

"당신 말처럼 남은 자가 더 아플지도 모르지만, 자신이 죽고 당신이 혼자 남게 되어 오랜 시간 자신을 그리워할 거라고 생각하게 될 이는 편할 거라고 생각하나요?"

미혜는 자신의 감정을 곧이 곧대로 말했다.

"차라리 우리가 만나지 않았다면 그가 나를 그리워할 일은 없을 텐데 하고 후회하는 것을 아나요? 사랑하는데도 그런 후회를 해요. 남겨진 그가 얼마나 아플지 아니까. 그런 고통을 죽게 될 이도 간직해요."

[……]

"내가 죽으면 밥은 먹을까? 다른 사람을 만나 그가 사랑을 할까? 어쩌면 너무 힘들어하지 않을까. 나쁜 생각을 하지 않을까."

미혜는 자신의 배를 더욱더 부드럽게 쓰다듬었다.

"남겨진 자가 더 힘들다는 말은 모르겠어요."

그녀의 얼굴에 쓸쓸한 미소가 맴돌았다. 아이를 배었을 때 자신의 기분이 떠올랐다.

"내가 정말로 사랑하는 사람의 아이를 가지고 기뻤어요. 정말 기뻤어요."

[그랬겠지. 사랑하는 사람과 함께 새로운 생명을 탄생시킨다는 것만큼 아름다운 것도 없다.]

"그런데 슬프기도 했어요."

아레스의 고개가 천천히 그녀에게 돌아갔다. 슬펐다? 어째서인지 모르겠다.

[그를 사랑하지 않는 것이 아닌가?]

가끔 자신이 그를 사랑한다고 착각하는 이들이 있다. 그가 자신에게 관심을 주지 않거나 혹은 외적으로 정말 괜찮은 사람이기 때문에 호감이 가서 그를 사랑한다고 생각하는 자들.

아레스의 질문은 틀렸다.

"사랑해요. 누구보다. 그라는 사람을 만난 건 내 생의 가장 큰 행운인걸요."

미혜는 생긋 웃었다.

"그런데 무서웠어요. 갑자기 그가 사라지고 나는 이곳에 혼자 남아 이 아이를 키워야 하니까요. 아이가 아빠는 어딨냐고 물으면 전 죽었다고 대답해야 할지도 모르니까요."

분명히 기뻤는데, 활짝 웃을 수 없었던 이유.

"그 사람이 꽃다발을 저에게 건네는데, 밉기도 했어요. 나는 혼자 남게 될지도 모르는데, 그는 홀연 듯 사라질 지도 모르는데."

혼자 남는다. 아레스의 입이 살짝 벌어졌다. 자신은 신의 자리를 계승 받기 전 그 신에게 호의를 받았다.

그녀와 함께 있지 못하면 신 따위는 하지 않겠다라고 하자 그녀의 죽음까지 기다려주었다.

하지만 절대신의 자리는 다르다. 절대신에게 그런 여유는 없었다.

지금도 수많은 차원이 흔들리고 있었다. 또한, 강민혁은 신의 자리에 오르면 역사상 가장 위대한 이름으로 불리게 될 것이다.

절대신으로 각성하는 순간 얻게 될 신으로써의 위엄, 능력. 그리고 그가 스스로 가지고 있는 거대한 강함.

그는 아무도 대적할 수도, 그 누구도 자리를 넘볼 수도 없는 위대한 신이 되어 영원히 기억될 것이었다.

[로이나도….]

아레스의 목소리가 아주 작게 퍼졌다. 미혜는 듣지 못했기 때문에 한쪽 눈살을 찌푸리며 그를 바라봤다.

"네…?"

[로이나도 너처럼 힘들었을까.]

미혜는 어떠한 대답을 해줘야 할지 잠시 생각했다. 아레스는 지금 자신을 위험에 빠트린 인물이다.

하지만 그 이유가 너무나도 안타까웠다.

"힘들었을 거예요. 인간과 신의 관계라는 것. 쉬운 게 아니니까요. 눈을 감는 순간까지도 당신만 생각했을 거예요. 자신 없이 살아갈 당신을요."

미혜의 표정은 씁쓸함에 차있었다.

"어쩌면 이런 비슷한 일이 생길지도 모른다고 생각 했을 수도 있죠."

아레스는 멍한 표정으로 허공을 바라봤다. 그런 그가 자리에서 일어나 미혜의 등 뒤로 다가왔다.

[크흠!]

그는 방금 전의 표정을 지우면서 헛기침을 크게 했다. 강민혁이 거의 근접해왔다.

미혜는 자신이 도망칠 수 없음을 알고 있었다.

[그러니까 그녀를 다시 만나서 미안하다고 해야겠어. 내가 너무 이기적이었다고 해줘야겠어.]

"그런 어리석은…!"

미혜는 입술을 질끈 깨물었다. 결국 아레스는 안타까운 선택을 하는 것이다.

그 선택 때문에 오늘 아레스나, 민혁 둘 중 하나는 죽게 될 것이었다.

아레스는 배반을 한 자였고 다시 마음을 돌린다고 해도 민혁은 다시 받아주지 않을 것이다.

또한 그는 민혁을 죽여서라도 다시 로이나를 얻고 싶어 했다.

촤아아앗!

"아레스."

빛처럼 빠르게 나타난 민혁은 양 팔짱을 낀 채 서늘한 표정으로 그를 노려보고 있었다. 아레스의 표정이 굳어졌다.

얼마 전에 만났을 때와는 다른 느낌이었다. 화가 난 그는 진정한 지배자였다. 그가 숨을 뿜을 때마다 아레스의 숨은 턱턱 막혀왔다.

민혁은 온 힘을 개방시켰다. 가지고 있는 모든 카르마가 공기 중에 뿌려지고 있었다.

전방 수백 km가 그의 카르마에 의해 도배되어 그의 공간처럼 숨 막히는 곳이 되어버렸다. 하지만.

[잠깐이라도 움직이면 죽이겠다.]

지금 당장 아레스는 그녀의 목에 자신의 손을 대고 있었다. 민혁은 머리로 시뮬레이션을 그려보았다.

자신이 접근하는 시간은 0.1초보다 더 빠르다. 허나 손가락의 작은 움직임 때문에 목의 혈관이 찢어지면 미혜는 그대로 죽는다.

하지만 방법이 존재했다.

바로 호와의 반지. 아주 찰나의 순간이지만 호화의 반지는 시간을 멈춘다. 그 틈에 미혜를 구출한다.

[아, 혹시라도.]

아레스가 생긋 웃었다.

그의 눈은 민혁이 무언가를 할 것이라는 것을 예상한 듯 보였다.

[내가 가진 능력을 모를 것 같아서 말해주지.]

아레스의 눈이 가늘어졌다.

[내 능력은 상대방의 육체에서 전이할 수 있다. 무슨 의미인 줄 아는가.]

전이할 수 있다. 그 말은 아레스를 베어서 죽이는 순간, 아레스가 전이를 하게 된다면 민혁의 몸을 택하면 민혁이 대신 죽을 수 있다는 것이었다.

"빌어먹을 능력이군, 참으로!"

민혁은 욕설을 힘껏 뱉었다. 그렇다면 방법이 없다. 2초라는 시간동안 놈을 흔적도 없이 사라지게 한다?

하지만 능력에 변수가 존재한다면?

"원하는 건?"

[너의 죽음.]

예상했던 바였다. 민혁은 아레스를 노려보았다.

"어째서 생각이 바뀌었지."

[네가 절대신이 된다 한들 이뤄줄 수 없는 걸 이뤄주겠다는 자가 나왔으니까.]

그 이뤄주는 바가 무엇인지 민혁은 알지 못했다.

"그렇게 이기적인 신이었나?"

민혁은 분명히 그를 보았을 때에 참으로 재수 없고 멋만 낸 신 같다는 생각을 하긴 했다. 그렇지만 그가 나쁜 신이라고 생각하지는 않았다.

아직 자신의 편은 아니지만 곧 자신과 함께 하게 될 아군이라고 생각했었다.

아레스는 대답하지 않았다.

[스스로 죽어라.]

꾸욱!

아레스의 손가락 끝 부분이 살짝 미혜의 목을 파고 들었다. 손가락을 빼내자 피가 주르륵 흘러나왔다. 바로 옆이 혈관이었다.

움찔!

미혜도 민혁도 함께 움찔했다.

[넌 참으로 이기적인 자이더군.]

아레스는 미혜와 민혁을 보았다.

[앞으로 신이 되면 남겨질 이 아이를 걱정하지 않았나?]

"무슨 소리지."

민혁은 그가 말하고자 하는 것을 짚지 못했다.

[아이를 배고서 기뻤다고 한다. 하지만 네가 없게 될 것을 생각하니 꼭 웃을 수 만은 없다고 하더군. 알고는 있었나?]

민혁의 시선이 미혜에게 돌아갔다. 아레스라는 신이 입이 가벼운 신일 줄은 몰랐다.

하지만 곧 미혜는 빙긋 웃었다.

"그런데 아레스 당신 때문에 알았어요."

그녀의 입술은 파르르 떨렸다.

"내가 사랑한 사람은 이토록 위험이 많은 사람이구나. 날 위해서 한 아름에 달려와 줄 사람이구나. 힘들긴 하지만 느낀 게 있어요."

민혁은 미혜의 말에 가슴 한 켠이 욱씬거리는 느낌이었다. 그녀의 미소에서 보았던 씁쓸함. 그것을 이제야 알게 된 것이다.

자신이 없으면 그녀는 홀로 아이를 학교에 보낼 것이고, 어쩌면 홀로 졸업식장에 갈 것이며 홀로 잠이 든 아이의 머리를 쓰다듬어 주게 될 것이다.

[참으로 바보 같다.]

주르르륵!

미혜의 목에 또 다시 아레스의 손가락이 파고 들었다.

[난 사랑하는 이를 잃었다. 코스모스는 그를 돌려주겠다고 했다. 참으로 이기적이라는 건 사실이다. 하지만 난 다시 그녀를 보고 싶어.]

아레스는 굳은 눈으로 요구했다.

민혁의 손이 들어졌다.

"하지 마! 무슨 짓이야!"

미혜는 힘껏 고개를 저었다. 자신의 죽음보다 민혁의 죽음이 더욱 잃을 것이 컸다.

그가 죽으면 혼돈의 구슬과 세상의 무를 막을 수 있는 자가 사라지게 된다.

모든 차원이 사라지게 될 것이었다. 손을 들어 올리는 민혁의 눈은 미혜를 보고 있었다.

"하지만 그런 바보 같은 짓은 하지 않아. 최대한 방법을 찾겠다."

아레스의 미간이 찌푸려졌다. 이해할 수 없다는 표정이었다.

[사랑하지 않나? 이 여인을? 이대로 잃는다면?]

"그땐 지옥에 찾아가 만나면 되지 않겠어?"

민혁은 씁쓸하게 웃었다.

"어디에 있든, 어디에서 무엇을 하든 그녀를 따라갈 테니까. 어쩌면 규율을 어기는 일일지도 모르지만 내가 만나러 가면 그만이다."

아레스는 이해할 수가 없었다. 사랑한다면서? 어쩌면 미혜는 고개를 저었지만 그에게 실망하게 될지도 몰랐다.

자신의 목숨 하나 바치지 못할 만큼 날 사랑하지 않는 것인가 하고서.

"난 김미혜라는 아이를 누구보다 잘 알거든."

민혁의 눈이 차갑게 가라앉았다.

그는 틈을 찾기로 했다.

호와의 반지가 만들어낼 잠깐의 시간. 어쩌면 정말 도박이었다.

도박 때문에 그녀를 잃을지도 몰랐다. 하지만 자신이 죽는다면 그녀는 자신을 원망할 것이 분명했다.

번쩍!

호와의 반지의 빛이 일렁거렸다.

잠깐 공간이 정지했다. 그 틈을 놓치지 않고 민혁은 빠르게 아레스를 향해 접근했다.

그 순간이었다. 아레스의 눈이 끔뻑거렸다.

호와의 반지는 이 인간들이 사는 차원의 물건이었다. 어쩌면 신들에게는 일반적으로 평범한 물건에 지나지 않을지도 몰랐다.

아레스는 호와의 반지의 능력을 무력화시켜 버린 것이다.

아레스에게 손을 뻗으며 날아가던 민혁은 가슴이 무너져 내리는 기분이었다.

아레스의 손짓 한 번에 미혜의 목의 혈관이 끊어지면서 피가 분수처럼 치솟을 것이었다.

하지만 후회는 없었다. 그것이 그녀가 원하는 것이었으니까.

푸욱!

헌데, 말도 안 되는 일이 벌어졌다. 아레스가 미혜를 옆으로 밀쳐냈다. 민혁의 일자로 쫘악 펴진 손이 아레스의 목을 꿰뚫었다.

민혁은 자신도 모르게 손을 멈췄다. 중지 손가락이 그의 목을 조금 파고 들었다.

아레스가 그 손을 덥썩 움켜잡고는 힘껏 목으로 밀어 넣었다.

푸우우욱!

[쿨럭!]

그의 입에서 붉은 피가 꿀럭이며 흘러나왔다.

아레스는 잡은 민혁의 손을 놓지 않았다.

"어째서 능력을 무력화시켰음에도 피하지 않았나."

그의 질문에 아레스는 씨익 웃었다. 피가 흥건히 묻어난 치아가 드러났다.

[아까 네 여자와 이야기를 했거든? 그런데 생각해보니까. 로이나는 내가 이런 식으로 다시 만나려고 하는 것 원하지 않을 것 같아서 말이지.]

아레스의 눈의 초점이 흐릿해지고 있었다.

[그녀는 정말이지 착하고 아름다운 여자였어. 그런 그녀가 내 추악한 행위를 알게 될까 봐 부끄럽더군. 그리고 말이야.]

그의 고개가 천천히 돌아갔다. 그곳에는 놀란 표정으로

자신을 바라보는 미혜가 있었다. 그녀는 입을 틀어막고 있었다.

[네가 한 선택이 그녀를 잃는 거지만 그녀가 원하듯이 내가 한 선택이 로이나를 얻지 못하는 거지만 로이나가 원하는 것 아니었을까.]

그의 눈이 게슴츠레 감겨졌다.

[나는 지옥으로 갈 것이다. 그곳에는 콘티누의 규율이 존재해. 나는 본디 신의 자리를 가지고 죽어선 안 된다. 하지만 어차피 곧 세상은 무에서 유가 될지도 몰라. 어차피 깨지게 될 이치다. 나는 그녀를 만나러 가게 될 거야.]

그는 상상만 해도 기분이 좋다는 듯 입가에 미소가 번져 있었다.

[그리곤 말할 거야. 머리를 쓰다듬어주면서. 오래 기다렸지? 생각만 해도 기쁘다.]

서서히 아레스의 손의 힘이 풀리고 있었다.

[절대신의 자리는 내가 있던 자리보다 무겁다. 저 아이를 너는 나보다 더 힘들게 할지도 몰라. 하지만 저 아이가 원하는 것을 보는 눈을 가진 네가 헛된 선택을 하진 않으리라 생각한다.]

아레스의 목소리에 힘이 사라지고 있었다.

허나, 그는 마지막 힘을 짜내었다.

민혁의 손을 잡고 있던 힘이 빠지던 그 손이 다시 굳세게 움켜쥐어졌다.

[코스모스에게 저항하라. 혼돈의 구슬을 파괴하고 세상의 평화를 도모하라. 그것이 절대신이 신이 되어 첫 번째로 해야 할 사명.]

다시 손의 힘이 스르르 풀리기 시작했다.

[난 믿는다.]

그의 눈꺼풀이 완전히 감겼다. 민혁은 조심스레 아레스를 바닥에 눕혔다.

스르르르 아레스의 몸이 재가 되어 사라지고 있었다.

3. 타이탄

NEO MODERN FANTASY STORY

RAID

신의 탄생

3. 타이탄

레이드

NEO MODERN FANTASY STORY

허공에 먼지가 되어 사라지는 아레스를 느끼면서 민혁은 그곳을 올려다보고 있었다.

"이렇게 비겁하게 해야겠나?"

민혁의 눈이 차갑게 가라앉았다. 아레스는 나쁜 이가 아니었다. 단지, 만나고 싶었을 뿐이다. 자신이 그토록 사랑했던 여인을.

그것을 코스모스라는 자가 이용했다. 그리고 아레스는 자신의 비겁했던 선택에 대한 죄 값으로 죽음을 선택했다.

"저 자와 로이나가 만나지 못하게 한다면 당신은 정말 웃긴 신이겠군."

만약 규율 따위로 아레스와 로이나가 지옥에서 재회하는 걸 막는다면 코스모스는 정말 밴댕이 소갈딱지 같은 신일 것이다.

"그리고 경고 하나 하도록 하지."

민혁의 눈이 날카롭게 좁혀졌다.

"머지 않아 네 심장에 칼을 박아주마."

그의 분노는 상당히 거대했다. 한 여자를 사랑하는 사람으로써, 그 감정이 얼마나 애뜻한 것인지 누구보다 잘 알고 있었다.

그것을 이용하려 했던 코스모스. 그리고 지금도 세계에서는 서로에게 사랑한다고 말하는 가족, 친구, 연인들이 있을 것이다.

그들 모두를 져 버리고 자신이 생각하는 세상만을 위해 달리는 코스모스는 죽어 마땅한 신이었다.

우우우우웅!

민혁의 고개가 밑으로 향했다. 차크라 주머니의 주위 여섯 자루의 검이 원의 형상을 그리고 있는 곳 중앙에 또 다른 한 자루의 검이 생겨나기 시작하고 있었다.

파아아앗!

민혁은 빛처럼 빠른 속도로 날아오는 황금빛에 물든 물체를 바라봤다. 그 물체는 다름 아닌 알렉스였다.

알렉스는 신의 힘의 대부분을 잃었다. 저 정도로 빠르게 날아올 힘이 이제는 없다는 것.

알렉스의 얼굴에는 씁쓸한 미소가 감돌고 있었다.

"이제 내 세상이 갔다."

한 자루의 검이 완전한 형상을 이루어내었다. 총 일곱 자루의 검이 원의 형상으로 두둥실 떠올라 있었다.

첫 번째 얻었던 무형검. 게티를 통해서 얻을 수 있었다. 그리고 차례대로 얻었던 무형검들이 형형색색의 빛을 내었다.

일곱 자루의 검에서 뻗어진 빛들이 거미줄처럼 서로를 감쌌다.

어느덧 알렉스는 민혁의 바로 코앞으로 다가와 있었다.

"새로운 절대신의 세상이 열릴 것이다."

알렉스는 손을 뻗어 민혁의 한쪽 뺨을 만졌다.

"모든 신이 네 밑에 종속될 것이며 어떠한 신은 절대신의 자리에 도전하기 위해 덤빌 것이다."

그는 다른 한 쪽 손으로는 민혁의 다른 손을 잡아서 부드럽게 만졌다.

"신이 된다는 것. 너는 이 차원을 관리하고 더 나아가 많은 이들의 운명을 위해 살아야 한다."

민혁은 몸속 안으로 따뜻한 무언가가 흘러들어오는 것을 느꼈다. 일곱 자루의 무형검이 더욱더 빛을 내기 시작했다.

우우우우웅!

파앗!

허공에서 날아온 알렉스가 과거 주었던 일곱 자루의 무형검을 하나로 합칠 수 있는 검집이 날아왔다.

민혁의 허리춤에 부드럽게 걸린 검집으로 빛에 휩싸인 검의 형체가 만들어지기 시작했다.

검의 그립에는 어떠한 무늬도 새겨지지 않아 있었다.

알렉스는 자신이 잡고 있던 손으로 민혁의 손을 검의 그립으로 이끌었다.

"혼돈의 구슬을 파괴하고 새로운 세상에 군림하라."

민혁의 고개가 굳건히 끄덕여졌다.

그는 다시 하늘을 올려다봤다. 검집에 들어있는 검의 그립을 힘껏 빼올렸다.

황금빛이 허공을 향해 솟아올랐다.

절대신의 탄생을 알리는 포탄처럼.

❖ ✛ ❖

마치 섬 하나가 하늘에 떠 있는 느낌이었다. 섬에는 잘 자란 풀, 나무, 야생동물들이 뛰어다니고 있었다.

햇볕이 잘 드는 수풀의 정중앙에 그림처럼 만들어진 의자와 테이블이 있었다.

한 사내가 앉아서 차를 기울이고 있었다. 차 맛을 맛보는 그의 손짓 하나하나는 무척이나 신사적이었다.

테이블의 바로 앞으로 공간이 열리면서 한 사내가 걸어 나왔다. 붉은 색 머리를 가진 사내는 호쾌하게 생긴 미남형의 사내였다.

[아주 재밌는 짓을 하고 다니는구나. 응?]

사내는 테이블의 양 끝을 손으로 잡으면서 찻잔을 들어 올리며 눈길조차도 주지 않는 이를 보면서 웃었다.

사내는 여전히 그가 반응도 없이 찻잔만을 기울이자 어깨를 으쓱거리면서 그의 맞은 편에 앉았다.

그는 차가 아닌 시원한 쥬스를 손가락을 퉁겨 만들어내었다. 쥬스를 입으로 벌컥벌컥 들이킨 그는 테이블 위에 거칠게 내려놨다.

[크—]

작은 감탄사를 뱉은 그는 사내를 노려보았다.

[나도 이런 식이라면 가만히 있지 않을 거야. 코스모스.]

[가만히 있지 않다면 어쩔 건데.]

침묵을 지키던 사내가 입을 열었다. 그는 무미건조한 시선으로 호쾌하게 생긴 사내 카오스를 바라봤다.

[확. 코스모스라는 이름만 아니라면 얼굴을 후려치는 건데.]

그 말에 코스모스는 픽 웃었다.

카오스든, 코스모스든 서로를 죽일 순 없다. 아니, 죽게 만드는 것은 가능하다. 하지만 둘 중 하나라도 죽으면 모든 균형이 무너진다.

그렇게 되면 세상이 무에서 유가 되는 것보다 더욱더 끔찍한 일이 발생되게 될 것이다.

때문에 카오스와 코스모스가 쉽사리 서로를 건드리지 못
하는 것이었다.

[어째서 이렇게까지 하는 거냐, 코스모스. 정말이지 이해
를 못하겠군.]

[때론 강직할 때가 필요한 법이니까.]

[강직하다. 그 강직함 때문에 아레스를 이용하려는 비겁
한 짓을 하려고 해? 우리는 분명히 약속을 했다. 코스모스.
너는 수비수이고 나는 공격수이다. 너는 막으면 되는 거고
나는 공격하면 되는 것. 그 이상은 하지 않으리라 생각했는
데.]

코스모스는 대답이 없었다. 자신이 한 행위 때문에 카오
스가 단단히 화가 났다는 것을 알기 때문이었다.

[나 또한 규율 하나를 깨도록 하겠다. 코스모스. 불만은
없으리라 생각한다. 혹시라도 또 다시 규율을 깨려 한다
면.]

카오스의 눈이 가늘어졌다.

[어떠한 수를 써서도 너를 죽이겠다.]

카오스의 그 말은 거짓이 아니었다. 코스모스는 누군가
의 진실을 볼 수 있는 능력을 가지고 있었다.

때문에 확실하게 그의 가슴에 각인 되었다. 카오스는 정
말 자신을 죽일 것이다. 이 세상이 사라지는 것을 염려해서
라도.

[명심하지.]

코스모스의 수긍은 바둑에서 한 수를 물려주는 것과 같았다.

[기대해라. 코스모스. 혼돈의 구슬은 분명히 부서진다.]

카오스는 몸을 일으켰다. 그가 몸을 돌린 순간 공간이 찢어졌다. 그 안으로 카오스가 유유히 걸어 들어갔다.

[후우.]

작은 한숨을 내뱉는 코스모스의 어깨 위로 작은 새 한 마리가 날아왔다.

그는 새의 머리를 손가락으로 부드럽게 어루만져 주었다.

[왜 이해하지 못하나 카오스. 자유분방한 세상은 결국 고통 뿐이라는 걸. 모두가 평등한 세상이라는 건 지금보다 나은 세상이다.]

코스모스는 카오스를 이해할 수 없었다. 지금의 세상은 분명하게 썩었건만 어째서 거부하고 있는 것인지.

하지만 카오스는 반대로 코스모스를 이해하지 못했다. 이 썩어빠진 세상이라고 할지라도 행복하게 자신들의 사념을 가지고 살아가는 사람들도 분명히 있었다.

비틀어진 삶을 사는 사람들 때문에 그들을 놓을 수 없다고 주장하는 것이 카오스였다.

코스모스가 어깨를 한 번 터는 순간 새가 하늘 위로 높게 날아올랐다. 코스모스는 날아오르는 새를 잠시 멍하니 바라봤다.

＊ ✣ ＊

이틀 뒤 88일이 되는 날, 민혁은 완전한 절대신의 자리에 오르게 된다. 자신이 무언가를 성취하게 되는 날을 떠올리면 누구든 작은 가슴 두근거림을 느낀다.

민혁도 마찬가지였다. 전 차원을 통틀어서 가장 높은 신의 자리에 오른다.

두근거림도 분명히 있었지만 앞으로에 대한 걱정도 크게 있었다.

[없다고…?]

[신군과 대항할 수 있는 방법은 무력 외에는 딱히 없습니다.]

민혁은 자신의 앞에 마주 앉은 레틴이라는 신을 바라보면서 미간을 찌푸렸다.

레틴이나 혹은 다른 신들에게서 신군과 대적할 수 있는 공략 같은 것을 들을 수 있을 것이라고 기대했지만 정 반대였다.

신군은 파괴신의 말에 따르면 13m크기에 양의 얼굴, 상체는 말의 것이었으며 하체는 소의 것이라고 한다.

놈들은 제각기, 창이나 활, 검과 같은 거대한 무기를 들고 나타난다는데 그 강함이 이루 말할 수 없을 정도이고 더욱 큰 문제는 그들의 갑각은 신들조차도 쉽사리 뚫을 수 없을 정도로 두꺼우며 단단하다는 것이다.

[아레스 급의 신이어야 겨우 한 두 마리 죽일 수 있다면 서?]

[예.]

아레스도 분명히 강한 신이었다. 그런 그도 한 두 마리의 신군만 상대할 수 있을 거라고 레틴은 추정했다.

문제였다. 민혁은 턱을 어루만졌다. 신들이 신군들 사이에 틈을 만들고 자신이 그 틈으로 지나가 혼돈의 구슬을 파괴하려는 계획이었다.

하지만 신군을 신들이 뚫지 못하면 자신이 상대해야 할 수도 있다.

그랬다가 시간이 지체되면 혼돈의 구슬은 모든 것을 집어 삼킬 것이다.

[카오스님의 부름이 있었다.]

공간을 열고 파괴신이 나타났다. 레틴은 파괴신을 보자마자 한 걸음 뒤로 물러났다.

그가 풍기는 기운은 이질적이고 폭발적인 강함이었다. 레틴조차도 숨이 턱턱 막혀올 정도였다. 또한, 알려진 파괴신은 무척이나 흉흉하고 난폭한 신이라는 만들어진 소문이 있었기 때문에 레틴은 절로 위압감을 느낀 것이다.

흘끗 파괴신이 그를 바라보자 레틴은 자신도 모르게 고개를 틀어버렸다. 레틴의 체면이 말이 아니었다.

[타이탄을 개방하라고 하신다.]

[타, 타이탄…!]

레틴이 타이탄이라는 말에 깜짝 놀라서 헛바람을 내뱉었다.

"타이탄이 뭐지?"

[타이탄은 오래 전 사라진 신들의 무기이다. 일론이라는 신이 만들어낸 그 병기를 카오스님과 코스모스님은 엄격하게 규율을 정하여 더 이상의 사용을 막으셨다.]

"그토록 강력한 무기라면서 사용을 막았다는 건가."

[타이탄은 총 네 구가 존재한다. 그 네 구 중 하나라도 가진 신은 수많은 신들보다 우위에 설 수 있었다. 신들의 서열에 무위도 분명히 중요하지만 무위보다 더 중요한 것이 많았기 때문에 타이탄은 신들이 가지기에 적합하지 않은 물건이라고 판단해서이지.]

레틴은 고개를 끄덕이면서 파괴신의 말에 이어붙였다.

[맞습니다. 그리고 가장 큰 이유는 타이탄의 오작동입니다. 완전하지 않은 타이탄이 오작동을 함으로써 열이 넘는 신들이 그 자리에서 죽었다는 이야기가 있습니다.]

"위험하지만 강하다."

민혁은 고개를 끄덕였다. 일단은 강하다면 만족한다. 아무리 타이탄이라는 무기가 강하다고 한들, 폭주를 하게 된다고 가정하면 민혁이 부숴버리면 그만이었다.

[헌데, 문제는 쉽사리 얻을 수 없을 터인데….]

"쉽사리 얻을 수 없다? 카오스가 이미 승낙을 한 마당인데?"

[타이탄을 만들어내었던 신인 일론은 완전히 몰락했기 때문입니다. 일론은 타이탄이 신들 열을 넘게 죽이자 큰 충격에 빠졌죠. 또한 그 죄로 인해서 벌을 수 천 년간 받았다고 전해집니다. 하지만 지금은 풀려났다고 합니다. 어떠한 신이 만난 적이 있다고 들었는데, 완전히 반병신이 되었다고….]

반 병신이 되었다는 말에 민혁의 얼굴이 와락 일그러졌다.

카오스가 어느정도 풀어나갈 수 있는 실마리를 준 것 같기는 하였지만 도박이었다. 만약 그 일론이라는 신이 여전히 그 상태 그대로라면 자칫 도움을 받기 힘들어질 수도 있었다.

"그를 만나봤다는 신은?"

[다행이도 우리의 편에 선 신입니다.]

❖　❖　❖

민혁의 앞으로 키 175cm정도의 잘 생긴 남성이 서 있었다. 로원이었다. 로원은 모자라지도 특출나지도 않은 신이었다.

그는 주로 활을 사용하는 신이었는데, 그는 활을 사용하는 것만큼은 대단한 자라고 신들 사이에서도 어느정도 명성이 있었다.

하지만 딱 그뿐이었다. 신들 중에서 활을 잘 쏜다고 해서 크게 돋보이는 것은 없기 마련이었다. 차라리 차원 관리를 독보적으로 잘한다고 소문이 났으면 모를까.

[일론과 만나는 것은 어려운 일은 아닙니다. 그의 차원으로 넘어가면 되니까요. 하지만….]

로원의 표정은 딱딱했다.

[크게 기대하시진 않는 게 좋을 것 같습니다. 매일 술만 퍼붓습니다. 타이탄을 작동시키는 방법을 기억이나 하려는지 모르겠군요.]

"그래?"

[그리고 사실 제가 한 번 찾아갔던 적이 있습니다. 일론은 타이탄을 제작했을 뿐만이 아니라 과거에 어마어마한 신들의 무구를 제작한 천재적인 대장장이였으니까요. 그에게 저희의 편에 동참해달라 부탁했는데.]

로원은 뒷머리를 긁적였다.

[다시는 무구를 만들지 않아! 이 따위 세상 없어지든 말든, 나랑 무슨 상관이야! 라는 말과 함께 술병을 던지더군요.]

그때의 기억이 생생한 것인지 로원은 고개를 절레절레 저었다.

[그런 자가 신들의 전설 속에서나 나오는 타이탄을 만들었다는 게 참 신기할 정도였습니다.]

"일단은 만나보도록 하지."

민혁은 파괴신을 바라봤다. 그가 고개를 끄덕였다.

로원이 공간을 열었다. 민혁과 파괴신, 알렉스, 로원이 함께 안으로 들어갔다.

신전 하나가 모습을 드러냈다. 신전의 외부는 겉에서 보면 깨끗해 보였다. 일론을 섬기는 사자들이 그 주위를 말끔히 청소하고 있었기 때문이었다.

신전 안으로 걸어 들어가자 키가 매우 작은 체구의 인간형의 이들이 걸어 다녔다.

그들은 흡사 난쟁이와 비슷했는데, 조금 달라 보였다. 여자인 듯 보이는 이들도 근육이 울긋불긋했다.

[드워프라는 종족입니다. 트렉이라는 차원을 일론은 관리하고 있지요.]

로원이 대신 설명해주었다.

[일론이 대장장이들의 신인만큼 드워프라는 종족은 대장장이 기술에 무척이나 능통한 편입니다. 그들의 취미는 장신구나, 혹은 무기, 방어구를 만드는 것이지요. 유일하게 수많은 차원과 거래 생활을 할 수 있게 허가 받은 종족이기도 합니다.]

수많은 차원과 거래를 할 수 있게 허가를 받았다.

"그 말은 주 수입원은 거기에서 나온다는 거군."

[그렇지요. 트렉이라는 차원은 매우 부유한 차원으로 유명했습니다. 집이 황금으로 되어 있다는 이야기가 차원 사이에서 돌고 그것이 사실과 다를 바가 없었습니다. 하지만 일론이 이렇게 된 이후로는….]

로원은 말끝을 흐렸다.

[드워프들이 매우 배고파 한다더군요. 차원 관리가 잘 이루어지지 않으니, 그 부유했던 광물도, 거래도 잘 이루어지지 않으니까요. 드워프들은 보통 농사에는 아주 꽝인 놈들인데, 거래를 통해서 식량을 얻어야 하는데, 잘 되지 않고 있지요. 그마저도 연명할 수 있는 건, 저나 혹은 다른 차원의 신들이 드워프들이 불쌍해서라도 간혹 도와준다는 겁니다.]

"그 정도였다면 어째서 갈아치우지 않았지?"

민혁은 흘끗 알렉스를 돌아보았다.

알렉스 같은 절대신이라면 이렇듯 무지한 신들을 다스릴 수 있는 힘을 가지고 있었을 것이다.

"그게 말처럼 간단한 문제가 아니야. 결정적으로 일론이라는 신만큼 무구를 잘 다루는 신은 어디에도 존재하지 않고, 앞으로도 나타나지 않을 거야. 혹시나 정신을 차리지 않을까. 언젠간 다시 돌아오지 않을까. 그 기대가 이 정도까지 오게 만들기는 하였지만 신이 그 차원의 관리에 무지하다고 해서 무조건 해임 시킬 수는 없어. 다른 이가 그의 자리에 도전한다면 모를까. 딱히 그 자리에 도전하고 싶어 하던 신도 없었고,"

민혁은 고개를 끄덕였다.

아무튼 일론이라는 신은 현재 왕의 자리에 군림한 채 술만 퍼마시며 사는 미치광이 신과 다를 바가 크게 없어 보였다.

일행은 신전의 안으로 들어갔다. 챙그랑 깨지는 소리가 났다.

침실로 추정되는 곳에서였다.

열려있는 문의 사이로 술병이 날아와 바닥에 깨졌다. 문 앞에 서 있던 키가 작은 드워프 시녀가 화들짝 놀랐다.

[술 가져오라니까, 수울!]

[이, 일론님… 소, 손님이 찾아오셨습니다.]

[됐으니까 술 가져오라고!]

그가 버럭 호통을 치자 시녀가 움찔했다. 로원이 이마에 손을 짚었다.

[불쌍한 드워프들….]

지금 함께 온 일행의 심정을 말해주는 것 같았다. 민혁과 눈을 맞춘 로원은 민혁이 고개를 끄덕이자 앞으로 나섰다.

[이것 봐 일론! 절대신님이 오셨다고! 어서 일어나서 예의를 차리지 못해!?]

로원이 후다닥 침실로 뛰어 들어가는 것이 보였다. 그의 성난 고성에 불구하고 들려온 것은 더욱더 찢어지는 고성이었다.

[내가 안 한다고 했지!? 무기 다시 안 만들겠다고!]

[무기가 아니라 타이탄을 작동시켜 달라는 지시야!]

[뭐어!? 타이탄?]

깜짝 놀란 음성. 그 후 잠시 정적이 감돌았다. 그리고 로원이 후다닥 도망치듯이 뛰쳐 나왔다.

[으아아! 저 미친 일론!]

도망쳐서 뛰쳐나오는 로원의 바로 뒤로 손에 해머를 들고 머리를 내려칠 듯 뛰어오는 이가 한 명 있었다.

하체를 부드러운 하얀 색 천으로 감싼 바지를 입은 그는 상체는 훤히 드러내 있었는데, 다른 신들과 다르게 배가 아저씨처럼 불룩하게 튀어나와 있었다.

키는 166cm정도 될 정도로 남자치고 매우 작았고 머리도 무척이나 큰 편이었다. 코는 돼지코처럼 뭉툭했으며 눈은 쌍꺼풀이 없으며 졸린 눈에 쭈욱 찢어져 있었으며 머리에는 숱이라고는 찾아볼 수 없었다.

민혁은 태어나서 이렇게 못 생긴 신은 처음 보는 것이었다.

[일로와, 로원. 내 오늘 죽이고 만다!]

로원은 후다닥 민혁의 바로 뒤로 숨었다. 뛰어오던 일론은 다른 일행을 보고는 멈칫했다.

[사실이었어?]

일론은 민혁과 어느정도 거리가 있었다. 그럼에도 불구하고 그가 입을 열자 알코올 내음이 물씬 코끝을 찔렀다.

[타이탄은 더 이상 가동되지 않을 겁니다. 무기나 무구도 만들지 않을 거고요. 돌아가십시오.]

일론은 휙 고개를 돌렸다. 알렉스는 상당히 마음에 들지 않는다는 표정이었다. 지금은 절대신의 자리에서 내려왔다고는 해도 그는 절대신의 자리에 있던 이였다.

그의 소식은 알고 있었지만 타이탄으로 인해 신들 열 댓이 목숨을 잃은 것과 수 천 년 동안 죄를 받은 것을 감안해서 놔두었었는데, 생각보다 심각한 상황인 듯 보였다.

"이딴 식으로 살면서 신이랍시고 거들먹거리나? 응?"

알렉스의 삐뚤어진 목소리에 일론은 코웃음을 치면서 그를 바라봤다.

[댁은 신도 아니고, 일반 생명체도 아니고 뭣도 아니구만 뭘.]

"뭐, 뭐…!"

[일론! 전대 절대신님이시다! 예의를 갖춰.]

[전대면 옛날 절대신 아니야? 지금은 뭐 퇴물일 뿐이지.]

알렉스의 얼굴이 붉어졌다. 하지만 개의치 않아 하고 일론은 민혁을 보면서 눈을 가늘게 떴다.

[곧 절대신이 되시는 분이십니까.]

"바로 내일이지."

민혁은 고개를 끄덕였다.

[죄송합니다. 딸꾹! 지금 내 꼴이 말이 아니네요. 그리고 무구는 다신 만들지 않습니다.]

일론은 그 말을 끝으로 몸을 돌렸다.

[무구가 아니라 타이탄을 가동시켜 달라고 말하기 위해 왔지.]

그 말에 일론이 멈칫했다. 그는 천천히 고개를 돌려 민혁과 눈을 맞췄다.

[타이탄은 더 이상 가동되지 않을 겁니다. 그런 쓰레기 같은 물건은 더 이상 세상에 존재하지도 않습니다.]

[폐, 폐기 시킨 건가?]

로원이 깜짝 놀라서 말했다.

[그런 고물 따위 세상에 없는 게 나으니까. 또 어차피 코스모스님과 카오스님도 더 이상 가동하지 못하게 규율을 만드셨으니 세상에 남아있어 봤자 필요가 없지.]

일론의 대답은 조금 늦었다.

민혁은 속으로 웃었다.

타이탄은 폐기되지 않았다. 분명하다.

타이탄이라는 무구는 일론에게는 희대의 역작이자 망작일 것이었다.

정말 고물처럼 보일 수도 있지만 쉽사리 버릴 수 없는 역작이기도 하다는 것. 그러한 것을 쉽사리 폐기할 수는 없으리라.

"난 타이탄을 얻기 전에는 내려가지 않아."

민혁은 양 팔짱을 낀 채 심드렁하게 말했다.

일론은 흘끗 그를 보더니 무심한 표정으로 중얼거렸다.

[그럼 계속 여기에 있으시던지요. 듣기론 혼돈의 구슬이니 뭐니 세상이 시끄럽다던데 한가한 분이셨나 보군요.]

그 말을 끝으로 일론은 다시 자신의 침실로 들어가버렸다.

[술 가져오라니까!?]

[아, 네!]

주춤거리던 드워프 시녀가 후다닥 뛰어가는 것이 보였다. 얼마 후 시녀가 술을 가져와 들어갔다.

"어떻게 할 건가?"

알렉스의 물음이었다.

민혁은 볼을 긁었다.

"글쎄요. 잘 모르겠군요."

"시간이 많이는 없는데…."

알렉스는 말끝을 흐렸다.

❖ ❖ ❖

민혁은 계속해서 일론에게 접촉을 시도하고 있었다. 그가 좋아할 만한 이야기 거리를 꺼내 보기도 하였고, 술을 함께 한 잔 해보기도 하였다.

하지만 일론의 대답은 한결 같았다.

"그럼 이대로 세상이 사라져도 괜찮다는 건가."

[이깟 세상 어찌 되든 저하고 상관 없다고 몇 번이나 말했잖습니까. 차라리 무에서 유가 되는 게 차라리 낫겠군요.]

그는 흐흐 웃었다. 그 말은 진심인 것처럼 보였다.

민혁도 화가 단단히 뻗쳐 밖으로 뛰쳐나왔다.

때마침 일론에 대해서 어느정도 안다던 신과 만나러 갔었던 로윈이 돌아왔다.

로원의 얼굴은 조금 밝았다.

[일론이 저렇게 삐뚤어진 이유를 알아낸 것 같습니다.]

"뭐?"

민혁이 고개를 갸웃했다. 열 명의 신들이 죽어 나가서가
아니었나?

[신들의 죽음 그것도 있었지만 그 신들 중에 일론과 오랜
벗이 있었다고 합니다. 그 역시 대장장이 였다고 하지요.]

민혁은 턱을 어루만졌다. 죽은 신들 중에서 일론의 오랜
벗이 있었다.

[일론만큼은 아니지만 아주아주 대단한 대장장이였다고
합니다. 함께 타이탄을 만들기도 했다고 들었습니다.]

타이탄을 함께 만들었다. 확실히 귀에 잘 들어오는 이야
기였다.

[별 탈 없이 잘 움직이던 타이탄이 갑자기 오작동을 일으
켰고 그때 당시 타이탄 경매에 참가했던 이들 대부분이 죽
었고, 일론과 함께 있던 친구도 죽어서 그 자리에서 일론만
살아남은 것이지요.]

민혁은 고개를 끄덕였다. 저 이야기 중에서 아마도 민혁
이 알지 못하는 또 다른 이야기도 어느정도 있는 것 같았다.

[수우우울!]

민혁은 뒤쪽에서 들리는 술에 대한 아우성에 미간을 찌
푸렸다.

"도대체 무슨 일이 있었던 거길래."

수 천 년이 지난 지금까지도 죄책감을 지우지 못한 채 괴로워하는 일론이 지금 현재로서는 이해되지 않았다.

하지만 그 이야기를 듣는다면 이해되게 될지도 모른다.

민혁은 다시 일론의 침실 쪽으로 걸어갔다.

민혁이 침실 안으로 들어오자 술병을 들고 벌컥벌컥 들이키던 그가 게슴츠레 눈을 뜨면서 그를 바라봤다.

[아직도 볼 일이 남으셨습니까?]

"남았지."

민혁은 고개를 끄덕이면서 그가 앉은 침대의 옆에 걸터앉았다.

"자네와 함께 타이탄을 제작하다가 죽었다던 친구의 이야기를 들었거든."

그 말이 끝나는 순간이었다. 일론의 눈이 휘둥그레 커졌다. 그가 민혁의 멱살을 움켜 잡고는 거칠게 흔들었다.

[당신이 그 이야기는 왜 꺼내! 응!?]

순간적으로 이성을 잃고 터져 나온 행동이었다. 절대신의 이름은 결코 가볍지 않았다. 알렉스마저도 천대했던 일론이 그래도 민혁에게 어느정도 예의를 차린 것을 보여준 이유는 그거였다.

민혁은 무미건조한 시선으로 그가 멱살을 잡은 손을 내려다봤다.

이성을 차린 일론의 손에서 힘이 스르르 풀리며 멱살을 놔주었다.

[그놈 이야기는 꺼내지 마십시오!]

벌컥벌컥!

그의 목저울을 타고 알코올이 식도 뒤로 넘어갔다. 배를 뜨겁게 적시는 그 알코올에 위가 쓰렸지만 그는 술 마시는 것을 멈추지 않았다.

"왜 혹시라도 오작동의 이유가 그 친구 때문인가?"

민혁의 말에 일론이 멈칫했다. 그는 술병을 입에서 떼면서 입가를 쓰윽 닦아냈다.

그리고는 웃었다.

[크흐흐흐! 절대신은 다른 신 생각도 읽을 수 있나 보오?]

추측이었을 뿐이었는데, 정확하게 들어맞은 듯 싶었다.

아무런 이상도 없이 잘 작동되었던 타이탄. 그리고 일론만큼은 아니지만 뛰어난 대장장이 기술을 가지고 있다던 신.

"어쩌면 그는 자네를 친구보다는 넘고 싶은 산으로 생각했겠지."

일론은 그 말에 대답하지 않고 멍하니 허공을 바라보았다.

민혁이 정확하게 짚고 있었기 때문이었다.

그는 다시 한 모금을 목구멍 뒤로 넘겼다.

[그랬지요.]

그는 먼 허공을 바라보며 회상했다. 그리고 수 천 년전

타이탄으로 인해 끔찍했던 참상이 벌어졌던 그때의 일을
말해주기 시작했다.

❖ ✞ ❖

일론은 흥분어린 기색을 지우지 못했다. 타이탄이 경매
에 붙여진다는 것은 타이탄의 능력이 입증되었다는 것을
의미했다. 아니, 더 정확하게는 타이탄을 얻고 싶어하는 신
들이 무수히도 많았다.

일론은 신들 중 평범한 편에 속하는 신이었다. 허나, 타
이탄이 잘만 판매되고 그에 관련한 전투 능력이 입증이 되
어서 타이탄을 앞으로 더 뽑아낼 수 있게 된다면 최상위권
신으로 올라가게 될 것이라고 확신하고 있었다.

경매 시작이 한 시간이 채 남지 않았다. 절대신도 자리에
참석한다고 하니, 일론에게는 영광이었다.

문을 열고 한 사내가 들어왔다. 못 생기고 뚱뚱한 일론은
신들 중에서도 매우 추남으로 뽑혔다. 그에 반면 들어온 사
내는 무척이나 부드러운 인상의 사내였다.

순정만화의 주인공처럼 금발의 머리카락을 기르고 있
는 그는 눈동자 색은 진한 갈색이었다. 코는 오똑했고, 턱
과 조화를 잘 이루었으며 키도 훌쩍 큰 정말 잘 생긴 이였
다.

[일론. 난 아직도 모르겠어.]

그 사내는 칼렌이라는 일론의 오랜 벗이었으며 함께 대장장이 기술을 스승에게 전수 받은 이이기도 하였다.

[무슨 소리야. 칼렌.]

일론은 아직도 이해가 되지 않았다. 칼렌은 계속해서 부정해왔다. 타이탄을 누군가에게 판매한다는 것을 말이다.

[타이탄은 완벽한 전투 능력을 가진 무구야. 하지만 이걸 왜 꼭 경매에 붙여야 하지? 우리가 가지고 있는 편이 낫지 않겠어? 혹여 악용이 될 때를 생각해야지.]

칼렌은 눈을 가늘게 뜨면서 그에게 추궁했다. 칼렌도 타이탄을 만들면서 상당한 공을 들였고 기여를 한 이였다.

발언권은 충분하였으며 일론이 어째서 이렇게까지 무리하게 경매에 붙이는지도 알고 있었다.

그는 이시스라는 여인을 사랑했다. 이시스는 신들 중에서도 상위권으로 뽑히는 미모를 가진 여신이었다.

일론은 헛되게도 자신이 최상위권 급의 신이 되면 이시스가 자신을 돌아봐줄 거라고 생각하고 있었다.

하지만 칼렌의 생각은 달랐다. 이시스는 그의 외모를 싫어했다. 그녀는 돌아보지 않을 것이고 한낱 여인 때문에 오랜시간 함께 공들인 물건을 경매에 내놓는 것이 이해할 수 없었다.

[악용이라….]

일론은 그 말을 몇 번 곱씹었다.

[우리처럼 무구를 만드는 자들에게는 숙명인 거 아닌가? 무기는 생명체를 죽이기 위해 만들어지는 거야. 항상 그걸 만들고 팔던 우리가 지금은 죄책감을 느낀다는 게 우습지 않아?]

[그 말이 아니다 일론. 일반 무구와 타이탄은 달라. 타이탄 한 구만 있어도 한 차원을 날려 버리는 것은 금방이라는 사실 알고 있잖아.]

[그렇겠지. 내가 만든 대단한 물건이니까. 난 그토록 대단한 물건을 만들어내었고 그걸 통해서 더 출세하겠다는 게 나쁜 거야?]

일론은 벌떡 몸을 일으켜서 그의 앞에 성큼 다가와 콧김을 뿜으며 말했다.

[그게 나쁜 게 아니라, 왜 그 물건이 너의 것이라고만 생각하느냐가 나쁜 것 아닌가?]

[뭐?]

칼렌도 화가 터져 나왔다. 일론은 항상 자신에게 명령했다. 여길 이렇게 해라, 저렇게 해라. 물론 일론이 실력만큼은 자신보다 위라는 걸 알았다.

하지만 그는 타이탄의 소유권이 마치 자신에게 있는 것처럼 행동하고 있기도 했다.

[나는 이 타이탄을 만들면서 이 물건이 신들의 세상을 더 평화롭게 했으면 하는 바람에 만들었어. 헌데, 오늘 참가하는 신들의 명단을 봐. 악명 높은 신들도 있다고. 그들이 사게

되면? 앞으로의 파장은?]

[그건 그들이 알아서 하겠지. 그리고 착각하지 마. 칼렌.]

일론은 그의 가슴팍을 손가락으로 콕콕 찍었다.

[타이탄의 모든 설계는 내가 했어. 너는 조수에 지나지 않았다고.]

칼렌은 그 말에 둔탁한 해머로 머리를 맞은 것처럼 멍해졌다.

조수에 지나지 않았다? 처음 타이탄에 관련한 설계도를 가지고 왔던 일론의 모습이 스쳤다.

그는 흥분에 차서 말했다.

신들의 계속 된 전쟁을 어쩌면 타이탄으로 잠재울 수 있지 않겠냐고. 바른 신들에게 타이탄을 주면 신들의 전쟁은 끝나고 세상은 평화로워 질 것이라고.

하지만 지금은 변질된 생각을 하고 있었다. 오롯이 자신의 출세만 보고 있었고, 자신에게 함께 하자고 했던 모습은 온데간데 없이 사라진 이기주의를 가진 모습이었다.

[카스라는 신을 알고 있겠지?]

일론은 그 이름을 듣고 미간이 꿈틀거렸다.

[그가 이번에 타이탄을 두 구 구매할 예정이라더군. 무슨 수를 써서도 말이야. 카스는 절대신의 자리를 남모르게 노리는 걸 잘 알고 있을 거야. 문제는 카스라는 신이 절대신의 자리에 오르면 안 된다는 거지. 그렇다면 지금의 평화도 깨질 거다. 일론. 정신차리고 지금이라도 중단….]

칼렌은 조심스레 일론에게 손을 뻗었다.

하지만 일론은 그 손을 쳐냈다.

[이깟 세상 어떻게 되든 나하고 무슨 상관이야! 나는 출세길만 열리면 된다고!]

그 말을 끝으로 일론은 문으로 성큼성큼 걸어가 버렸다.

[난 널 라이벌로 생각했어 일론. 친구로도 생각했고, 적으로도 생각했지. 근데 지금의 넌 날 한낱 부하로만 보고 있어. 타이탄은 너의 것만이 아냐.]

[그럼 애초에 네가 설계를 했던가!]

그 말을 끝으로 일론은 나가버렸다.

칼렌의 눈이 가늘어졌다. 그도 밖으로 나섰다.

그가 향한 곳은 경매장이었다.

경매장에는 10m크기의 거대한 로봇형 타이탄 네 구가 멋들어지는 모습으로 서 있었다.

[이대로 타이탄이 카스의 손에 들어가선 안 돼.]

칼렌은 타이탄에 손을 뻗었다. 허공에서 해머가 나타났다.

타이탄은 잠시 시범식 운영을 보일 것이었다. 그때에 만약 작동하지 않는다면? 아마도 신들에게 실망감을 주게 될 것이다.

또한 경매는 중단되겠지.

[조금만 손을 보자.]

칼렌도 화가 크게 났다. 일론의 이기적이고, 자신을 부하로 보는 그 시선 때문에. 그도 이러고 싶진 않았지만 일론은 예전처럼 되돌리고 카스의 손에 들어가는 것도 막고 싶었다.

쿠웅!

그가 해머를 두들기자 무쇠보다 더 단단한 타이탄의 갑각이 진동했다.

❖ ✛ ❖

철커억!

[이, 이게 무슨….]

일론이 타이탄 한 구를 작동 시키는 순간이었다. 칼렌은 타이탄이 연기를 뿜으면서 작동되지 않을 거라고 생각했다.

하지만 전혀 다른 상황이 벌어져 버렸다.

타이탄이 손을 신들을 향해서 뻗었다.

놈의 손에서는 드래곤의 브레스보다 더 강력한 힘이 뿜어진다.

콰아아아앙!

손에서 뻗어 나간 강한 힘이 경매에 참가한 신들을 향해 날아갔다. 발 빠른 신들은 피해냈지만 그러지 못한 신이 하나 죽어 나갔다.

[이 무슨…!]

신들이 분노를 일으켰고 경매장을 황급히 벗어나기 시작했다.

쿠우우웅!

오작동을 일으킨 타이탄이 번쩍 뛰어 올라 신 둘을 낚아채서 짓뭉게 버렸다.

[이게 도대체….]

일론은 공황상태에 빠졌다. 그 상황에서 칼렌과 눈이 마주쳤다.

자신의 설계는 완벽했고 오차도 없었다. 그는 칼렌의 짓이라는 걸 알 수 있었다.

[칼렌, 이 빌어먹을 새끼! 도대체 타이탄에 무슨 짓을 한 거야!]

[나, 난 이, 이렇게까지 되리라고는….]

[네 새끼가 타이탄에 대해 뭘 안다고 손을 대! 넌 그냥 내가 시키던 대로 손만 대었을 뿐 아니야!?]

사실 일론의 그 말도 사실이었다. 일론이 명령하는 것처럼 보이긴 했지만 칼렌도 줄곧 따랐다. 이유는 칼렌은 복잡한 타이탄의 구조를 크게 이해하지 못했기 때문이었다.

그 순간이었다. 칼렌의 눈에 똑똑히 보였다. 오작동을 일으킨 타이탄이 일론을 향해서 손을 뻗고 있었다.

저 손에서 거대한 힘이 방출되어서 일론을 집어삼킬 것이다.

그리고 일론은 역사상 가장 흉측한 무구를 만들어내고 사라진 신으로 기억될 것이었다.

[이, 일론!]

칼렌은 달렸다. 칼렌은 대장장이였지만 전투 능력도 특출난 편에 속하는 신이었다.

그가 발 빠르게 움직였다. 일론의 앞으로 성큼 다가온 그는 그의 명치를 힘껏 쳐냈다.

[끄억!]

일론이 비명을 지르며 뒤로 날아갔다. 타이탄의 공격을 피하기 위해 막 칼렌이 뒤를 돌아본 순간이었다.

그의 눈앞으로 거대한 힘이 덮쳐지고 있었다.

콰아아아앙!

그 방대한 힘이 칼렌을 완전히 집어 삼켜버렸다.

쿠우우웅!

타이탄이 주위를 초토화 시키면서 짙은 먼지가 세상을 덮고 있었다.

그러던 중 타이탄이 작동을 멈췄다. 타이탄의 머리 위로 한 사내가 나타났다.

절대신이었다.

[좋지 않군.]

절대신은 주위를 둘러보며 미간을 찌푸렸다.

[으으으…]

정신을 차린 일론은 무거운 눈꺼풀을 들어 올리면서 볼

수 있었다. 방금 전 칼렌이 있던 그곳에 아무것도 있지 않았다.

있는 거라곤 깊게 파인 땅 뿐이었다.

[카, 칼렌⋯.]

몸을 일으켰던 일론이 다시 무릎을 꿇고 주저 앉았다.

이날 일론은 타이탄을 잃었고, 친구 칼렌을 잃었으며 사랑했던 여인 이시스로 인한 욕망이 자신을 얼마나 추악하게 만들어내었는지 뼈저리게 깨닫게 되었다.

[일론. 너로 인해 수많은 신들이 죽었다.]

무릎 꿇은 일론의 앞으로 절대신이 걸어왔다.

[죄 값을 받아라.]

모든 이야기를 들은 민혁은 고개를 끄덕였다.

"칼렌의 충격도 적잖았겠지. 친구라고 생각했고 한편으로 라이벌로도 여겼는데, 너는 한낱 조수 따위라고 말했으니까."

[속 마음은 그렇지 않았습니다. 날 옆에서 도울 수 있는 유일한 자는 칼렌 뿐이라고 생각했어요!]

알코올 때문인지, 슬픔 때문인지 코끝이 평소보다 유난히 더 불그스름한 듯한 일론은 소리쳤다.

"하지만 그렇게 말해버렸으니까."

일론은 더 이상 반박하지 못했다.

그랬다. 일론은 스스로 그렇게 말해버렸다.

"그리고 그때 당시 칼렌의 선택이 맞았나?"

분명히 칼렌은 일론을 말렸다고 한다. 카스라는 신의 손에 타이탄이 들어가선 안 되기 때문에.

[칼렌의 선택은 맞았습니다. 만약 카스의 손에 들어갔다면 저는 더욱더 나쁜 신으로 기억이 되었겠지요. 카스는 정상적으로 신들 사이의 평화를 이끌 자가 아니었으니까요.]

"친구가 그립나?"

그 질문에 일론은 대답하지 않고 입술만 잘근잘근 씹었다.

"그 친구가 지금 무엇을 원할 것 같지?"

민혁은 품에서 담배를 꺼냈다. 일론에게 건네자 그는 의아한 표정을 지었다.

알렉스는 신이면서도 담배를 알았다. 왜냐, 민혁의 차원에 있던 평범한 인간이었으니까. 하지만 일론은 알지 못하는 듯 싶었다.

민혁은 자신이 말하고도 헛웃었다.

그리곤 불을 붙여 깊게 빨아 연기를 마셨다.

"한 번 해봐."

민혁은 일론의 담배에 불을 붙여주었다. 그는 한 모금 마시더니 켈룩 거리면서 민혁을 쏘아봤다.

[이런 매운 연기를 왜 마십니까.]

"끊을 수 없어서지. 일론 자네가 여전히 무구를 만드는 거처럼."

일론의 눈이 크게 떠졌다. 민혁의 눈썰미는 정확하였다.

일론은 그때의 일이 있었음에도 불구하고 여전히 무구에 손을 대고 있었다.

그의 손이 말해주었다. 정말 술만 마시는 이라면 손은 번들번들 할 것이었다. 매끄럽고 울퉁불퉁한 부분 하나 없으리라.

하지만 일론의 손은 굳은살이 가득해 보였다. 눈썰미가 어느정도 있는 이들이라면 알 것이었다.

술을 많이 마시고 있기는 했지만 그는 분명히 자신의 개인 작업 공간에서 무구를 만들거나 하고 있을 것이다.

"칼렌은 이렇게 세상이 사라지는 걸 원하지 않을 것 같은데. 또 함께 만들어낸 타이탄이 이렇게 허무하게 세상에서 무가 되는 것도 원하지 않을 테고."

타이탄도 흔적도 없이 사라질 것이다. 혼돈의 구슬이 폭발하는 순간.

"그리고 이대로 살다가 죽으면 지옥에서 칼렌과 만나면 뭐라고 하려고? 그를 또 실망시키지 말아야지."

민혁은 몸을 일으켰다.

"이젠 선택이야. 강요는 하지 않겠어."

그는 침실을 걸어나갔다.

"타이탄을 가동시켜서 나의 편에 서든지, 아니면 세상이 사라질 날까지 술만 퍼마시다가 이대로 영원히 사라지든지. 선택하지."

민혁이 나섰다. 침실로 선택하라는 그 말만이 맴도는 것 같았다.

일론은 다시 술병을 집어 들어 입가에 가져가 벌컥벌컥 축였다.

[크으.]

그는 입가를 스윽 닦아냈다.

❖ ❖ ❖

거대한 절대신의 신전. 민혁은 높은 기둥이 세워진 신전 사이를 지나서 붉은 카펫을 밟고 걸어나가고 있었다.

그의 우로 전대 절대신인 알렉스가 있었고, 좌로는 파괴신이 있었다.

민혁이 한 걸음 한 걸음 뗄 때 마다였다.

좌우의 공간에 빛의 형체가 생겨났고 빛이 걷어졌을 때는 신들이 한쪽 무릎을 땅에 박고 생겨났다.

절대신이 새로이 계승되었을 때만 열린다는 축하방식이었다.

신들의 숫자는 오십이 넘어갔다.

기존에는 백이 넘는 인원들이 참석한다고 하지만 다른 이들은 코스모스의 편에 선 이들이리라.

붉은 카펫의 끝자락에는 계단 네 칸이 있었고 그 위로 순백의 의자가 놓여 있었다.

계단의 앞에 서자 알렉스와 파괴신은 걸음을 멈췄다.

알렉스는 올라갈 것을 신호했고 민혁은 조심스레 올라갔다. 그가 의자에 앉는 순간이었다.

짝짝짝짝!

일제히 똑같은 박자의 박수 소리가 신전을 가득 메우기 시작했다.

퐈아아앙!

신들이 쏘아 올린 폭죽이 허공에서 터지면서 아름답게 하늘을 장식하고 있었다.

민혁은 하늘의 장관을 바라봤다.

뚜벅뚜벅!

발걸음 소리가 들렸다. 그 발걸음 소리는 유독 크고 거대했다.

신들의 시선이 일제히 발걸음 소리가 들리는 입구 쪽으로 돌아갔다. 민혁도 정면을 응시했다.

발걸음의 소리가 뭔가 남달랐다. 곧이어서 한 사내가 모습을 드러냈다.

그는 평범한 젊은 청년의 모습을 하고 있었는데, 입고 있는 옷의 복장을 보면 이곳에서 신을 보필하는 자인 거 같았다.

"카오스…."

하지만 그를 본 민혁은 입을 열었다.

그는 자신도 모르게 몸을 일으켰다.

젊은 청년의 얼굴로 장난스러운 미소가 맺어졌다.

[이렇게 신들과 마주하는 것은 없는 일인데.]

카오스는 뒷짐을 지고 거만하게 민혁의 앞으로 성큼성큼 걸어오기 시작했다.

둔한 신들은 그의 정체가 뭔지 알아채지 못해 '저런 건방진…!' 이라는 말을 뱉었다가 옆에 선 신이 제지하자 깜짝 놀란 표정으로 다시 사내를 돌아보았다.

[지금은 시국이 시국인 만큼 자네와 만날 필요가 있다고 생각을 했다네.]

민혁은 계단을 하나하나 밟고 내려갔다.

서로를 향해 걷던 둘이 만났다.

[절대신이 된 것을 축하하네.]

카오스는 손을 뻗었다.

알렉스는 그 모습을 바라보면서 마른 침을 꿀꺽 삼켰다.

자신조차도 카오스를 직접 대면한 적은 없었다.

민혁은 조심스레 손을 뻗어 카오스의 손을 마주 잡았다.

[이제부터 진짜 싸움이 시작 될 거야. 승패에 따라 모든 운명이 뒤바뀔 테지. 어쩌면 절대신에 오른 지 단 며칠 만에 세상에서 사라지게 될 지도 모르고, 무사히 세상을 탈환하고 오랜 시간을 절대신이라는 이름으로 거룩하게 살아가게 될 지도 몰라.]

민혁은 그 굳은 목소리를 묵묵히 들었다.

장난끼가 많다던 카오스의 모습은 온데간데 없었다.

[나는 더 이상 개입하지 않을 거야. 타이탄의 개방을 허락하는 건 유일하게 도와줄 수 있는 길이었네. 물론 잘 될지는 모르겠지만, 더 이상 코스모스도 개입하지 못할 거네. 앞으로의 세상은 자네와 이 안의 자들이 만들어 갈 거야.]

카오스는 주변을 둘러보았다.

자신이 만들어낸 신이었지만 그들을 마주한 적은 그도 없었다.

[믿겠네. 내가 지켜본 절대신의 계승자는 강직한 자니까. 자칸이라는 자와는 그 깊이부터가 다르지.]

카오스는 능글맞게 웃었다. 그는 몸을 돌려서 다시 반대쪽으로 걸어갔다.

[항상 사소한 것부터 시작해서 지키려고 했던 자네야. 이제부터는 사소한 것이 아닌 세상 모든 것을 지킨다는 생각으로 전념해야 할 거야. 작은 판단 한 번에 모든 것이 바뀌고 새로운 세상이 탄생할지, 지금의 세상이 유지될지 변하게 될 거야.]

뚜벅뚜벅 바깥쪽을 향해서 걸어가던 카오스는 곧 멈칫하더니 픽 웃었다.

[타이탄이 세상에 다시 모습을 드러내겠군.]

카오스의 시선을 따라서 민혁은 앞을 바라봤다.

한 사내가 위풍당당하게 걸어 들어오고 있었다.

그는 민혁이 처음 보았을 때와 완전히 다른 모습이었다.

그는 의젓한 모습으로 뚜벅뚜벅 신전으로 걸어 들어왔다.

풀썩!

카오스가 깃든 젊은 청년의 몸이 바닥에 쓰러졌다. 그리고 고개를 힘차게 흔든 그는 이해할 수 없다는 표정으로 신들을 올려다보았다.

파괴신이 손을 휘익 젓자 젊은 청년이 한쪽으로 밀려났다.

레드카펫을 밟고 일론이 민혁과 마주보고 섰다.

그는 한쪽 무릎을 꿇고 고개를 숙였다.

[절대신의 자리에 오르신 걸을 축하드립니다.]

민혁은 부드럽게 웃으며 작게 고개를 끄덕였다.

[타이탄의 가동이 준비되었습니다.]

천천히 고개를 든 일론의 얼굴에는 얕은 미소가 감돌고 있었다.

[이제부터는 타이탄을 조종할 조종사만 구하면 됩니다.]

❖ ✚ ❖

타이탄은 거대한 로봇형 무구였다. 온 몸이 다이아몬드처럼 단단했으며 놈이 가진 괴력은 상상을 초월했다.

드래곤의 아가리를 단숨에 찢어버릴 수 있을 정도라는 이야기까지 일론은 해주었다.

또한 타이탄은 코어로 작동된다.

코어는 신들의 힘을 받아서 만들어진 물건이었다. 그 코어는 잘못 깨지면 타이탄의 작동이 불능이 되기도 한다고 했다.

일론은 무구를 만드는 것을 놓은 것처럼 행동했지만 계속해서 타이탄의 단점들을 보완해 나갔다.

그를 비롯해서 계속해서 수많은 무구를 만들어내었다.

그는 만들어 내었을 뿐 세상에 무구를 뿌린 적은 없었다.

그 무구들을 일론은 이번 전쟁을 위해서 신들에게 개방해주었다.

민혁은 일론이 새롭게 탄생시킨 인피니티 건틀릿을 바라봤다.

인피니티 건틀릿은 놀랍게도 반지의 형태로 아주 작게 축소되어 있었다.

[켜보시죠.]

일론이 보석함에서 꺼내 건네주는 인피니티 건틀릿을 조심스레 받은 민혁은 중지 손가락에 끼웠다.

[사용법은 간단합니다. 착용하겠다라고 생각하면 인식을 할 겁니다.]

그 말이 끝나는 순간 민혁은 그의 말처럼 착용하겠다라고 생각했다.

그러자 반지에서 천천히 뻗어 나가기 시작한 비늘 같은 것들이 민혁의 온 몸을 감싸기 시작했다.

더 효율적으로, 더 가볍게, 더 단단하며 강하게.

구태환이 만들어내었던 갑옷형 인피니티 건틀릿도 대단했지만 이에 견주지는 못할 것이 분명하였다.

[그 전에 물건을 다뤘던 인간도 대단한 솜씨긴 했지만, 저에 비할 바는 아니겠지요?]

일론은 어깨를 으쓱거렸다.

그래도 구태환도 꿀리진 않는다. 엄연히 일론은 신이었고, 신인 일론이 대단한 솜씨라고 말해주었으니까.

민혁은 고개를 끄덕여 답해주었다.

[카르마의 사용이 더욱 용이하게 만들어내었습니다. 더욱 빠르게 밀집될 것이며 더욱 폭발적인 힘을 낼 수 있을 겁니다.]

민혁은 그 말을 들으면서 일론의 옆에서 함께 걸었다.

그 둘이 향하는 곳은 타이탄이 있는 곳이었다.

일론이 공간을 찢고 들어가고 민혁이 함께 뒤따라 들어갔다.

황무지처럼 아무것도 없는 땅이 모습을 드러냈다. 가뭄이 오기라도 한 것인지 땅은 수분이라고는 찾아볼 수 없을 정도로 쩍쩍 갈라져 있었다.

공간을 찢고 들어오자마자 민혁은 볼 수 있었다.

거대하게 세워져 있는 네 구의 타이탄은 왁스를 제대로 바른 차량처럼 삐까번적 했다.

[과거의 놈들보다 훨씬 더 대단합니다. 그 개수는 늘지 않았지만 그때보다 효율성이 두 배는 더 뛰어나졌죠.]

얼마 지나지 않아 레틴과 다른 신들도 공간을 찢고 하나 둘 모습을 드러내기 시작했다.

[감히 질문하자면 지금 신들 중 타이탄을 한 구라도 부술 수 있는 신이 존재할까입니다.]

일론이 수십이 넘는 신들을 돌아보면서 말했다.

자칫 건방져 보이는 모습이었고 때문에 레틴이 미간을 찌푸리기도 하였다.

하지만 레틴은 반박하지 못했다. 그의 말처럼이었다.

현존하는 신 중 타이탄을 부술 수 있는 신은 거의 없다. 파괴신 같은 특별한 이를 제외하고서는.

또한 레틴은 일론이 나눠준 무구들의 효과를 톡톡히 보았다. 분명히 신군들과 싸울 때 어마어마한 도움을 줄 것이었다.

거기에 가장 크게 도움을 줄 물건은 바로 차단벽이었다.

타이탄은 무시무시한 힘을 낸다. 그만큼 주위 환경이 큰 피해를 입을 수 있었고 그 때문에 일론은 오래전부터 피해를 최소화할 수 있는 방법을 강구하고 있었다.

그리고 완성되었다. 타이탄의 공격에도 절대 깨지지 않는 차단벽.

그 외를 비롯해 신군들을 잡아놓을 다양한 물품들까지.

일론은 지금 현재로써는 다른 신들보다 분명히 전투에 도움이 되어준 막중한 인물이었다.

4. 휘페리온 출격

NEO MODERN FANTASY STORY

RAID

신의 탄생

4. 휘페리온 출격

레이드

NEO MODERN FANTASY STORY

[일단은 말씀하신 것처럼 신들 중 넷을 뽑았습니다.]

레틴의 말과 함께 신 넷이 앞으로 나섰다. 남성 셋, 여성 하나였다. 그들은 흥분에 찬 기색이었다. 타이탄에 탑승한다. 이번 싸움은 분명히 세계를 지키기 위함이기도 하였지만 공을 세워 절대신에게 잘 보인다면 좋은 노릇이다.

더군다나, 얼마 전 카오스가 나타나기도 했다. 전쟁에서 승리한다면 더 좋은 자리를 꿰차게 될 지도 모르는 법.

[로스는 신들 중에서도 무위로 따지면 손가락에 꼽히는 자입니다. 아레스만큼은 아니지만 그보다 꼭 못하다고만은 할 수 없는 신이지요.]

그 말에 로스라는 신이 한 발 나섰다. 헤라클레스처럼 울 긋불긋 거대한 근육을 가진 그는 밝게 웃으면서 가슴을 두 들겼다.

[맡겨만 주십시오.]

[이프. 그녀는 매우 아름답지만 지혜로운 여성이기도 합 니다. 그녀는 타이탄의 포지션을 더욱더 효율적으로 구축 할 것이며 많은 것을 계산하고 신군에 대항할 것입니다.]

은빛의 머리카락을 가진 미모의 여인이 한 걸음 나섰다. 가슴이 패인 옷을 입고 있었는데, 일반적인 남성들이라면 침을 꿀떡 넘겼을 것이다.

남은 둘도 소개되었다. 신들 중에서 두각을 드러내는 이 들로 뽑혔다.

뽑힌 그들을 둘러본 민혁은 잠시 대기하라고 말하고는 일론과 함께 그들과 조금 떨어진 곳으로 걸었다.

[말씀드렸다시피 일단은 직접 확인해보셔야 할 것 같습 니다.]

민혁은 고개를 끄덕였다.

일론은 정말 획기적인 기능을 타이탄에 추가했다. 그것 은 코어에 생각을 흘릴 수 있는 기능이었다.

네 구의 타이탄은 분명히 뛰어나다. 그 어떤 신보다 강하 고 그 어떤 종족이나 괴수들보다 월등하다.

그런 타이탄을 지휘하는 지휘자가 생기는 것인데, 그 지 휘자를 맡게 될 이가 바로 강민혁이었다.

지휘자는 무전처럼 머릿속 생각을 그들에게 흘릴 수 있고, 그들은 민혁의 생각대로 움직일 것이다.

하지만 문제는 바로 '팀워크.' 다 아무리 생각을 흘려보낸다고 해도 그들이 빠르게 반응하지 못하면 꽝이다.

이 지휘는 분명히 신군의 사이를 파고 들 때에 유용하게 작용할 것이다. 뽑힌 넷의 신이 아무리 뛰어나다고 한들, 손 발이 맞지 않으면 무용지물.

다시 둘은 레틴이 있는 곳으로 돌아갔다.

"일단은 실험을 해볼까 한다. 타이탄을 운용하기에 적합한지, 아닌지."

[물론입니다.]

[자신 있습니다.]

그들은 제각기 걱정스러운 표정, 혹은 자신 있는 표정을 지었다.

일론은 민혁에게 아주 작은 멀미약처럼 생긴 스티커를 건네주었다. 그것을 민혁은 귀 뒤에 붙였다.

"타이탄에 탑승하면 나의 지시가 머릿속에 퍼지게 될 것이다."

[그렇습니까? 그렇다면 이프의 지휘가 딱히 필요 없겠군요.]

레틴은 아쉽다는 표정이었다. 그녀가 그쪽에는 탁월했기 때문에 넣었기 때문이었다. 그렇다면 굳이 그녀가 필요 없는데, 하는 표정이었지만 어쩌면 이들 모두가 필요 없을 지도 몰랐다.

[타이탄보다는 한 급 낮지만 제가 만든 또 다른 무구가 있습니다. 그걸로 실험을 해보죠.]

일론은 그렇게 말하며 리모컨의 버튼을 눌렀다.

그와 함께 땅이 격하게 진동했다.

땅이 쩌저적 갈라지는 소리와 함께 모래가 폭포수처럼 치솟아 오르면서 함께 뛰쳐나온 것은 거대한 로봇 지네였다.

지네는 길이가 자그마치 14m는 될 정도였고, 수 십여 가닥의 다리에 갖은 무기들이 착용되어 있었다.

일론은 신들에게 제각기 헤드셋처럼 생긴 물건을 하나씩 나눠주었다.

그들이 머리에 착용하는 순간이었다.

제각기 주인을 찾아서 타이탄들이 손을 밑으로 쭈욱 뻗었다.

그들은 그 손위에 올라탔다.

타이탄의 머리의 강화 유리벽이 푸슈유육 하는 소리와 함께 열렸다. 타이탄은 자신들의 주인을 머리 위에 태웠다.

푸슈유융!

강화 유리벽이 다시 닫혔다.

키히이이익!

쿠우웅!

키히이이익!

쿠우웅!

놈들은 기계음을 내면서 몸을 완전히 폈다.

민혁은 머릿속으로 생각했다.

'주먹.'

그 생각과 함께 타이탄에 탑승한 이들이 순간 '이게 뭘까.' 생각하다가 아차하며 주먹을 쥔다고 생각했다.

뇌에서 보낸 신호를 척추가 빠른 속도로 받아들이듯이 타이탄도 빠르게 움직였다.

모두가 주먹을 쥐어 보였다.

[아마 저들은 절대 이 앞의 지네를 죽이지 못할 겁니다.]

"어째서지?"

[미숙하니까요. 아무리 몸과 완전하게 일체 되었다고 한들, 조금은 미숙할 겁니다. 단기간에 절대신님의 지시에 바로 행동할 수 있는 사람, 어쩌면 그 생각을 내다보는 사람이 좋을 수도 있겠지요. 일단은 지켜봅시다. 제 생각이 꼭 맞다고 볼 수는 없으니까요.]

민혁은 고개를 끄덕였다. 그와 함께 지네가 다리를 움직이면서 타이탄을 향해서 뛰쳐나가기 시작했다.

❖ ❖ ❖

[이 정도일 줄은 몰랐군요. 정말 운용 더럽게 못하는군요.]

일론은 입에 담배를 문 채 뻐끔거리면서 한숨을 뱉어냈다. 민혁도 이마에 손을 짚었다.

그들의 타이탄 운전 실력은 정말 초보운전보다도 형편없어 보였다.

더 큰 문제는 바로 민혁의 지시에 즉각 반응하지 못한다는 것이다.

주먹을 쥐어라. 다리를 굽혀라.

이러한 간단한 지시에는 즉각 반응한다. 하지만 넷을 함께 이용한 복잡한 포지션에서는 항상 몇 발 늦는다.

실전에서는 저러다가 타이탄이 박살이 날 것이 눈앞에 훤히 보였다.

[생각보다 타이탄 작동이 어렵군요.]

레틴이 난처한 표정으로 말했다.

[그보다는 저들의 나태함 때문인 것 같습니다만?]

일론은 대놓고 지적했다. 힘이 쎄고, 강하고 똑똑하다고 해봤자. 그들은 너무 놀아대었다.

신들은 노는 걸 당연시 좋아한다. 전쟁의 신이고 뭐라고 해도, 당장 밥먹듯이 매일 싸움을 하지 않는 자들이라면 무뎌지기 마련이다.

요즘 같이 신들과의 마찰이 잦지 않은 그때에 나태해진 것이고, 싸우는 방법이 무뎌진 것이다.

"즉각 반응할 수 있는 이들… 나의 지시에 어쩌면 내 생각을 읽고 먼저 반응할 수 있는 자. 매일 같이 치열한 전투를 벌이는 이들….”

[그래도 며칠 연습을 시키면 낫지 않겠나?]

[틀렸습니다. 그 전에 혼돈의 구슬이 폭발할 것 같은데요?]

일론이 퉁명스레 말하자 레틴은 그에게 성을 내려고 했다. 도가 지나치게 자신보다 급 낮은 신이 덤벼드니 기분이 상한 것이다.

하지만 민혁이 손을 뻗어 레틴을 잠재웠다.

민혁은 곰곰이 생각하고 있었고, 해답을 찾은 것 같았다.

“굳이 신일 필요가 있나?”

[…글쎄요. 굳이 신일 필요는 없다고 봅니다.]

“인간이라고 해도?”

그 말에 일론이나 레틴, 다른 신들의 눈이 경악으로 크게 떠졌다.

[이, 인간 말입니까?]

레틴이 성큼 민혁의 앞으로 다가왔다.

[아무리 그래도 인간에게 타이탄의 운전을 맡긴다니요. 그런 미개한….]

“나도 인간이다.”

민혁이 미간을 찌푸리면서 으르렁 거리자 레틴은 쿨럭 헛기침을 할 수 밖에 없었다.

“꼭 신들처럼 강해야 할 필요는 없는 것 아닌가?”

[그렇지요. 어차피 타이탄 자체가 강합니다. 그것보다 필요한 건 그들이 얼마만큼 전투에 특화되었는지, 잘 싸우느냐이긴 합니다. 어린아이가 잘 싸운다고 해서 어른을 이길 수는 없지만 잘 싸우는 어린 아이가 어른의 힘을 내는 로봇에 오른다면 이길 수 있는 것처럼요.]

"내가 아주 유능한 자들을 알고 있다."

민혁의 눈이 반짝 빛났다.

그들은 여전히 민혁의 생각에 반대하는 표정이었고 이해할 수 없었다.

하지만 절대신의 말에 차마 더 이상 말꼬리는 잡기 힘들어하는 표정이었다.

❖ ✥ ❖

"이게 타이탄이야?"

중태는 거대한 크기의 타이탄을 보면서 혀를 내둘렀다.

"마치 할리우드의 영화 같은데. 민혁?"

스미스가 감탄하면서 선글라스를 벗어서 한 쪽 눈으로 타이탄을 올려다봤다.

"우와, 어릴 때 보던 태권브이 같아."

미혜는 그저 웃으면서 신기하다는 표정을 짓고 있었으며 현인은 코를 후비적 거리더니 말했다.

"우리 병원 건물 사이에 숨겨놓고, 가끔식 병원 사이를 열어서 타고 여행가고 싶게 생겼구만."

"그 만화에 나오는 것처럼?"

"그렇지."

그들은 서로 마주 보면서 웃었다. 민혁과 함께 싸울 수 있다는 것. 그들에게는 매우 기쁜 일이었다.

[이봐, 일론. 이 무슨 미친 짓인가.]

일론도 차마 레틴의 추궁에 이번에는 뭐라 말을 해야 할지 모르겠다는 표정이었다.

조금 떨어진 곳에서 타이탄을 장난감 보듯이 쳐다보는 하찮은 인간들을 보면서 레틴은 탐탁지 않을 수 밖에 없었다.

그들은 자신들이 관리하는 차원의 생명체처럼 수억의 존재 중 단 하나의 미개한 놈들일 뿐이다.

그런 놈들이 역사상 가장 위대한 무구라 칭송 받았던 타이탄을 운전한다?

절대신의 머리를 뚜껑 열고 열어보고 싶은 심정이었다.

[한낱 인간들이 우리들보다 더 타이탄을 잘 운용할 수 있다는 게 말이 안 되잖나!]

[하지만 그건 정말 모르는 거지요.]

일론은 그 말에는 반박했다.

[타이탄은 그 자체로도 강하지만 탑승자에 따라서 달라집니다. 또한 신군과 같은 군사들을 상대할 때는 분명히 팀워크가 중요합니다. 절대신님이 선택했다면 그만큼의 이유가 있을 수도 있겠지요.]

[무슨…!]

레틴처럼 다른 신들도 고개를 절레절레 저었다. 아니, 어떤 이들은 비웃었다.

그들이 타이탄에 올라서 우왕좌왕 할 모습을 생각한 것이다.

그들은 타이탄을 제대로 운용하지 못한다. 신들은 딱 그리 생각하고 있었다. 그들은 미개한 생명체들이었으니까.

그 모습을 보면 절대신도 정신을 차리겠지라는 생각을 하는 신들도 태반이었다.

[일단은 가장 큰 난관이 있으니 기다려보시죠.]

일론이 민혁에게 성큼성큼 걸어갔다.

[이 분들입니까?]

차마 절대신의 친구들이라는 이름을 가진 그들에게 하대를 할 순 없었기에 일론이 조심스레 묻자 민혁은 고개를 끄덕였다.

일론은 볼 수 있었다. 자신들과 있었을 때 보지 못했던 부드러운 미소가 절대신에게 걸쳐져 있었다.

['하긴 어쩌면 함께 생활했다면 더욱더 큰 팀워크가 생겨날지도 모른다.']

그는 정말 절대신인 민혁의 생각이 맞을지도 모르겠다 판단했다.

[가장 큰 문제는 타이탄의 코어가 이분들을 받아 들이냐는 겁니다. 타이탄의 코어는 신들의 힘으로 만들어졌기 때

문에 일반 인간들에게 반응할지는 확인해 봐야겠군요.]

"그렇게 하지."

민혁도 가장 걱정하던 부분이다.

일론은 그들에게 헤드셋을 하나씩 건네주었고, 그들이 하나씩 착용하였다.

타이탄이 움직이지 않고 멍하니 서 있었다.

[역시 타이탄은 인간들에게는 반응하지….]

일론은 조금 실망한 기색으로 고개를 저었다. 하지만 그 순간이었다.

타이탄 한 구가 움직이면서 중태의 앞으로 손을 뻗었다.

그리고 차례대로 하나씩 손을 뻗어서 주인 앞으로 손을 내려놨다.

"타면 되는 건가?"

"오호, 나 아이언맨 되는 기분인데?"

그들이 작게 웃으면서 손 위에 올라탔다. 그리고는 투명 강화 유리 안으로 들어갔다.

"다행이도 되는군."

민혁은 아마도 타이탄이 반응하는 이유가 갓 어빌리티의 힘 때문이지 않을까 추측했다.

그것은 절대신이 내린 능력이었고 그의 힘의 일부였으니까.

그들이 모두 탑승을 완료하자 일론이 리모컨의 버튼을 눌렀다. 거대한 지네 로봇이 타이탄 네 구를 보면서 몸을 꿈틀꿈틀 거렸다.

로스를 비롯한 이프와 같은 자들은 지네 로봇에게 결정적인 충격을 주지 못했다. 오히려 지네 로봇 한 마리 따위에게 밀렸다.

만약 일론이 리모컨 작동을 도중에 멈추지 않았다면 타이탄 한 구가 꽤나 큰 피해를 입었을 지도 모른다.

누가 봐도 타이탄 하나하나가 지네 로봇보다 완성도를 넘어선다. 이러한 결과가 나온 것은 앞서 언급한 그들의 나태함과 미숙함. 그리고 팀워크였다.

그들의 팀워크는 정말이지 엉망진창이었다. 엉키는 건 기본이고 서로 말만 해대면서 의욕만 넘칠 뿐이었다.

민혁은 미혜가 탑승한 타이탄을 바라봤다.

그는 미혜에게 머릿속 신호를 보냈다.

'말했지만 미혜 네가 탄 타이탄은 방출 능력이 가능해.'

미혜가 탑승하고 있는 타이탄은 유일하게 방출 능력을 주목적으로 만들어진 물건이었다.

기존의 타이탄 네 구는 모두 막대한 힘과 방어력을 자랑했다. 하지만 개선된 타이탄 중 하나는 방출 능력을 탑재했다.

단순히 탑재한 수준은 사실 넘어섰다. 타이탄이라는 이름에 걸 맞춰서 그 방출 능력은 거대하게 증폭되어 무시할 수 없는 힘을 낼 것이다.

최소한 미혜가 기존에 발휘할 수 있었던 방출 능력의 5배 이상이 될 것이다.

'지네 로봇은 생각보다 빠르다. 그리고 수 십 여개의 다리에 달린 무구들의 이용이 다소 자유로운 편이며 갑자기 불쑥 길어지기도 한다. 위험하다고 판단되면 갑각이 순간적으로 더욱 단단해지게 되는데, 그 찰나가 약 5초 남짓이다. 그 단단해진 시기에는 이 타이탄의 주먹도 퉁겨내더군.'

민혁은 이번에는 모두에게 머릿속 자신의 생각을 보냈다.

중태가 습관적으로 고개를 끄덕이자 타이탄이 끄덕였다.

[플랜은?]

중태의 말을 타이탄이 대신 내뱉었다. 기계적이고 묵직하며 위협적인 음성이었다.

기세라는 것과 위압감은 분명히 필요했다. 일론이 넣은 기능 중 하나다.

'플랜1. 지금부터 바로 시작한다.'

타이탄 네 구가 모두 고개를 끄덕였다.

꿈틀거리는 로봇 지네가 빠른 속도로 기어오기 시작했다.

❖ ❖ ❖

푸아아아악!

중태가 탑승한 타이탄이 거대한 크기의 검을 뽑아 들며 로봇 지네를 가르기 위해 빠른 속검의 공격을 펼쳤다.

미혜가 방출계 능력을 타이탄으로 구현할 수 있는 것처럼 타이탄은 대부분 탑승한 이의 능력에 따라서 힘을 부릴 수 있다.

그 때문에 중태가 탄 타이탄은 그 어떤 타이탄보다 빠르고 노련했다.

발 빠른 지네가 중태의 공격을 피해냈다. 막 지네가 일론의 조작에 따라 그를 향해 달려들려는 순간이었다.

바로 중태의 뒤로 접근해 있던 스미스가 지네를 발로 걸어찼다.

콰아아앙!

지네가 뒤로 데굴데굴 몇 바퀴 굴러갔다.

키디디딕!

이상한 기계음이 퍼졌다.

[이, 이런….]

레틴은 더 이상 절대신의 생각이 멍청했다고 생각할 수 없었다. 로스나 이프. 다른 신들보다도 월등한 공격이 펼쳐지고 있었다.

더 놀라운 것은 그들의 포지션과 팀워크는 상상을 초월했다.

중태가 당할 것 같으면 그 사이에 스미스가 뛰쳐나갔고 스미스가 당할 것 같으면 중태가 뛰쳐나갔다.

때로는 이현인이 탄 타이탄이 놈을 몰아 붙이기도 했고 적절한 때에 환상적으로 김미혜의 방출계 능력이 로봇 지네를 압박해나갔다.

민혁은 흘끗 레틴을 비롯한 다른 신들을 돌아보았다.

'애들아 신들이 놀라고 있다. 근데 더 재밌는 건 니들 지금 팀워크가 마음에 들지 않는다는 거다.'

민혁은 꾸중과 칭찬을 동시에 했다.

신들은 분명히 놀라고 있었다. 하지만 민혁은 과거에 비해서 그들의 팀워크가 무뎌지고 조금씩 빈틈이 생긴다는 것을 알았다.

시간이 흘렀고 그동안 바빴던 그들은 모두가 다 함께 사냥을 하지 못했기 때문이었다.

민혁이 생각했던 그들의 포지션대로의 로봇지네가 무너지는 시간은 단 3분 남짓이었다.

하지만 지금 5분 이상이 지체되고 있었다.

"일론. 로봇 지네를 한 마리 더 투입 시켜."

[알겠습니다.]

일론은 절대신인 민혁의 말에 토를 달지 않았고 우려도 하지 않았다.

한 마리가 더 는다고 해도 충분히 대항할 수 있는 실력을 타이탄들은 내보이고 있었다.

파아아앗!

땅을 헤집고 로봇 지네 한 마리가 더 모습을 드러냈다.

[크흐으음…!]

레틴이 얕은 신음을 흘렸다. 다른 신들은 한 마리 조차도 버거워했기 때문이었다.

'10분 안에 두 마리를 잡을 수 있을 거라고 생각한다. 그 10분 동안 과거의 감을 살린다.'

민혁은 예전에 그들을 훈련시켰던 때의 어조로 명령했다.

신군과의 싸움은 앞으로의 사활이 걸린 문제다. 독해져야 했고 그들도 강해져야 했다.

[문제 없다. 민혁.]

스미스가 탄 타이탄이 빙긋 웃는 듯한 착각이 들었다.

민혁은 신들을 향해서 걸어갔다. 그들의 시선은 타이탄과 로봇 지네에게 고정되어 있었다. 짧고 간결하며 환상적인 움직임과 적절한 포지션, 그리고 조합을 확실하게 이루는 방출계 능력들을 보면서 그들은 여전히 공황 상태에 빠져 있었다.

민혁은 레틴의 앞에서 멈췄다. 그는 민혁이 다가오는 줄도 몰랐다가 인기척에 흠칫하면서 헛기침을 뱉었다.

[크흠!]

"10분. 그 시간 안에 두 마리의 지네를 사냥할 거다. 그 후에 더 이상 이의를 제기하는 이나, 혹은 저들을 '한낱 인간 따위'라고 언급하는 이가 있다면."

민혁은 자신의 허리춤의 검을 들어 올려 보였다.

"가만두지 않는다."

그의 눈은 서늘하게 가라앉아 있었다. 큰 내색을 표하진 않았지만 '인간 따위….' 라고 하였던 레틴의 그 말이 상당히 거슬렸던 그였다.

신들에게 톡톡히 보여줄 때였다. 한낱 인간들이 그들보다 더 대단한 존재일 수도 있다는 것을, 그들의 창조물에 지나지 않을 지도 모르지만 더 높은 곳에 설지도 모른다는 걸.

[명심하겠습니다.]

레틴도 자신의 안일함을 깨닫고 있었다. 오랜 시간을 살아왔던 신인 그가 절대신을 비롯해 그가 데려온 동료들을 보고 새로운 사실 하나를 깨닫게 되는 순간이었다.

자신들이 만들어낸 생명체라고 할지라도 그들이 언젠가는 자신들보다 우위에 설 수 있다는 것.

쿠우우웅!

콰아아앗!

스미스가 탄 타이탄의 주먹이 위에서 아래로 지네의 등을 정확하게 꼽았다.

그 순간이었다. 거대한 모래의 쇠사슬이 만들어지며 지네 한 마리를 꼼짝도 못하게 잡아 놓았다.

그 틈에 남은 한 마리를 공략하기 시작했다. 그들은 매우 빠른 속도로 과거의 기억과 움직임을 올려내고 있었다.

신들도 느끼고 있었다. 1초, 3초, 5초가 지날수록 그들의 움직임은 더욱더 척척 맞아 떨어지기 시작하고 있었다.

채채채채쟁!

민혁이 말했던 5초. 타이탄의 주먹도 퉁겨내는 갑각이 만들어졌다. 그 5초가 지나게 되면 몇 초 동안은 그 갑각을 만들어낼 수 없다는 것이 민혁의 생각이었고 다른 이들도 그렇게 판단할 것이었다.

5초가 지나는 순간이었다. 네 사람이 함께 집중 공격을 퍼부었다.

일론은 그들을 견제하기 위해 지네 한 마리를 그쪽으로 보냈지만 무용지물이었다. 미혜가 놈의 접근을 노련하게 막아버렸다.

[잠깐…!]

일론은 충분히 막을 수 있을 거라고 생각했다. 하지만 그들의 팀워크는 그의 생각을 뛰어넘어 버렸다.

일론이 다급하게 말했지만 반 발자국 늦었다. 이미 그가 말하기 전에 중태의 검이 놈의 몸통을 갈라내고 있었다.

퐈아아아앗!

일론은 자신이 공들여 만든 로봇 지네가 검은 연료를 뿜어내는 것을 보면서 탄식을 흘렸다.

[끄으응….]

일론은 앓는 소리를 내었다. 중태는 한 마리의 사냥이 끝났다는 생각에 몸을 돌렸다. 그 순간 반토막난 지네가 그의 등을 향해서 번쩍 점프했다.

로봇 네는 연료통에 연료가 조금이라도 남아있으면 움직일 수 있었다.

일론은 그 점을 이용해 허점을 공격한 것이다.

콰아악!

그 순간 빠르게 나타난 현인이 놈의 반토막난 몸을 후려 쳤다.

데굴데굴!

결국 로봇 지네가 바닥을 구르면서 연기를 풀풀 피우더 니 풀석 쓰러졌다.

[중단합시다.]

일론의 말에 민혁은 고개를 끄덕였다.

[사냥 중지.]

둘 모두 파괴 시킬 필욘 없었다. 어차피 그들의 연습 상 대도 필요한 법이었으니까.

[으아아아아… 내 새끼… 널 만드느라 내가 얼마나 시간 과 돈을 투자했는데.]

일론은 눈물을 머금으며 산산조각이 난 로봇지네를 향해 서 성큼성큼 걸어가 어찌할 바를 몰라 했다.

"인간이 타이탄을 조종하는데 불만이 있는 신이 남아있 나?"

그 질문에 아무도 대답하지 못했다. 로스나 이프 같은 신 들은 부끄러움에 절대신인 민혁과 눈조차도 마주치지 못하 고 시선을 회피했다.

"불만이 없군. 그렇다면 이대로 진행한다."

어느덧 타이탄에서 내린 네 사람이 민혁의 옆으로 성큼

성큼 다가왔다.

신들은 그의 옆에 선 네 명의 사람들을 보면서 혀를 내둘렀다.

인간이 신들보다 더욱 나은 것이 있다는 것을 보여주었다. 그들로써는 가슴 속에 새겨 배우는 것이 있을 것이다.

"또한 이 자가 앞으로 신들에 대한 지휘를 맡게 될 것이다."

민혁은 중태의 어깨 위에 손을 올렸다. 그 말에 신들의 얼굴이 경악이 되었다.

레틴은 그것은 인정하기 힘들다는 표정이었다.

민혁도 상당히 불가능하다는 것을 알았다. 그 때문에 말을 덧붙였다.

"레틴과 함께 말이다. 이 친구는 전략적인 포지션에 매우 능통하다. 신군과의 싸움 때 매우 유용할 것이다."

민혁이 한 발 물러서 말했다.

"중태 너는 이 분을 잘 따르도록 해."

중태가 슬그머니 그에게 고개를 숙였다.

방금 민혁이 한 말의 의미는 중태의 부족한 부분을 채워주고 '총지휘' 라고는 했지만 레틴보다는 중태가 한급 낮게 생각해도 좋다라고 생각할 수 있었다.

풀풀 연기를 피워대는 지네 로봇을 보면서 눈물을 머금고 끙끙대던 일론이 되돌아왔다.

"남아있는 지네 로봇은 몇 구지?"

[다섯 구입니다.]

"지네 로봇만 있는 건 아니겠지?"

[물론입니다.]

일론은 당연하다는 듯 고개를 끄덕였다. 세상에 모습을 드러내지 않는 동안 그가 만들어낸 무구의 숫자는 상상을 초월한다.

그뿐만이 아니라 조종이 가능한 놈들의 숫자도 상당히 많았다.

때문에 타이탄을 몰지 않는 신들에게는 그놈들이 배정될 것이다. 배정될 자들은 보통 무위가 강하지 않은 신들이 될 것이었다.

"우리도 이제 충분한 준비를 갖추었다고 생각한다."

민혁의 말에 신들은 고개를 끄덕였다. 코스모스의 신군. 그들은 신들의 전설 속에 등장하는 존재들이었다.

그런 자신들에게 타이탄을 비롯한 막대한 무구들이 손에 들어왔다.

그리고 가장 뛰어난 사냥꾼이자 절대신. 강민혁이 카오스의 편에 서 있다는 것. 그것이 코스모스에게는 가장 큰 위협이 될 것이다.

"두려워하지 말고 물러서지 않는다면 해답은 분명히 있을 것이다. 언제인지는 모르지만 금방 일 것이다."

혼돈의 구슬. 놈이 이제 모습을 드러낼 것이다.

민혁의 눈이 날카롭게 빛났다.

5. 혼돈의 구슬

NEO MODERN FANTASY STORY

RAID
신의 탄생

5. 혼돈의 구슬

레이드

NEO MODERN FANTASY STORY

나는 아주 오랜시간부터 지켜봐 왔다. 나를 만든 이는 코스모스라는 신이었다. 그는 가장 먼저 나를 창조해냈다. 그후 다른 신들이 태어나는 것을 보았다.

태어난 신들은 제각기 차원을 관리하기 시작했고, 해를 만들고 달을 만들며 새로운 생명체들을 만들어내었다.

아주아주 똑똑한 생명체들도 있었고 멍청하지만 일반 생명체들보다 힘이 쎈 생명체도 있었으며 그마저도 되지 않는 생명체들도 있었다.

신들은 갈수록 차원을 관리하는 것에 능통해졌다. 예를 들어볼까?

나는 인간이라는 생명체를 처음 봤을 때 아주 미개하다고
생각했다.

그들은 털 복숭이의 포유류였다. 똑똑하지도 힘이 쎄지
도, 뭐하나 특출난 것 없는 존재였다.

어떠한 신은 처음 '지구'라는 이름의 행성. 그와 관련한
차원이 구축되었을 때 '가장 실패한 차원 중 하나.'라고 언
급하였다.

그 당시 차원을 관리했던 이는 처음에는 공룡이라는 지
금의 드래곤과 흡사한 생명체를 만들어 내었으나 차원 관
리에 힘이 부쳐서 모든 것을 뒤엎는 초유의 사태를 만들어
내었던 것에 비하면 이례적인 일이었다.

인간은 진화해갔다. 체계적인 농사를 하는 시스템을 갖
추고 가축을 키우기 시작하였으며 다양한 물건들을 만들어
내었다.

시간이 흐를수록 그들은 발 빠르게 변화해갔다. 그리고
는 어느덧 핵폭탄이라는. 드래곤조차도 잠재울 수 있는 무
기도 만들어내었다.

나는 모든 생명체 중 인간이 제일 뛰어나다고 생각한다.
하지만 너무 뛰어난 그들이었기에 문제는 있었다.

시간이 지날수록 그들은 서로 죽이고 빼앗기 시작했다.

강한 자가 약한 자를 짓밟는 일은 허다했으며 약한 자는
당연한 것처럼 그들의 발등에 키스를 하기도 하였다.

그들은 약육강식의 틀을 확실히 만들어내었다.

그 모습을 보면서 나 또한 안타까웠다. 어떠한 이는 풍족했고 어떠한 이는 가난했다.

인간들은 그러한 것에 대부분 '태어난 배경'을 지적하고는 했다.

하지만 나는 다르게 생각했다. 태어난 배경보다는 그들 스스로가 그러한 세상을 만드는 것이라고 생각하고는 했다.

나는 인간의 안타까운 부분을 언급했던 것을 뽑았다. 하지만 그것이 과연 인간들만 그런 것일까?

아니다. 모든 차원의 생명체들이 모두 그랬다.

공평함이라고는 찾아볼 수 없었다. 약한 자는 바닥을 기었고 강한 자는 그들의 위에 군림했다.

강한 자 한 사람이 수 백의 목숨을 앗아가기도 하는 말도 안 되는 상황도 생겨났다. 그 모습을 보면서 나는 눈물 흘렸다.

태어난 지 얼마 되지 않아 산짐승의 먹이로 던져지는 가여운 생명체들, 굶어 죽는 이들, 부모에게 버림받는 이들.

그와 대조되게도 살을 디룩디룩 찌워가는 풍족한 이들.

세상은 변해야 한다고 생각했다. 하지만 가장 큰 문제가 있었다.

오랜시간동안 세상을 지켜봐 오면서도 하나 알 수 없는 것이 있었다.

그것은 바로 '나'였다.

나는 누구인가. 어떻게 나는 코스모스나 카오스와 같은 신이 아님에도 불구하고 그들만큼의 삶을 살 수 있었을까.

어째서 코스모스는 나라는 존재를 만들었는가.

그리고 날 숨기는 이유는 무엇인가?

궁금했다. 내가 어째서 태어났는지 알고 싶었다.

그리고 지금도 이 답답한 곳을 벗어나고 싶었다.

❖ ✛ ❖

터벅터벅!

코스모스는 고루 펴진 바닥을 밟고 걸었다. 어느 순간 바닥은 물이 되어 있었다.

첨벙!

물 안으로 들어온 코스모스는 아무렇지도 않은 듯 호흡하고 있었다. 투명하고 맑고 깨끗한 물에는 물고기도, 다른 어떠한 생명체도 존재하지 않았다.

그는 계속해서 걸어나갔다. 투명한 물의 어느 한 곳에서 반짝이는 둥근 구가 보였다.

코스모스는 그 구를 향해서 걸었다. 어느덧 그 투명한 구와 코스모스는 가까워졌다.

투명한 구 안에는 블랙홀처럼 음산한 느낌을 흘리는 어둠이 가득 차 있었다.

[외로웠나?]

그는 그 구를 향해서 질문했다. 잠시 아무런 반응이 없었다.

그 순간.

촤아아악!

둥근 구의 안에서 뻗어나온 손 하나가 그의 질문에 대답하듯이 어둠의 틈에서 빠져나와 내부의 투명한 벽을 짚었다.

[왜 나를 만들었나 오랜시간 기다렸나?]

끼이이익

응답하듯 구 안에 들어 있는 이는 벽을 손가락 끝으로 누르면서 손을 내렸다.

[네 이름은 혼돈이다.]

[호…돈….]

태어난 지 얼마 안 된 아기의 목소리 같은 것이었다. 그는 구 안에서 그 말을 어눌하게 씹었다.

[호오…도오온….]

계속해서 그 말을 내뱉었다. 어느덧 그는 완전하게 발음했다.

[혼…돈….]

[그렇다. 혼돈. 안타깝지 않았나? 네가 바라본 모든 것을 바꾸고 싶지 않았나?]

[바…꾸…싶다….]

목소리는 코스모스의 말에 격하게 반응하였다.

코스모스는 어린아이의 머리를 쓰다듬듯이 구에 손을 가져가 부드럽게 쓰다듬었다.

[이제 네가 세상에 나갈 때가 되었다.]

그의 목소리에 힘이 실렸다. 혼돈을 만들어내었을 때에 세상이 이리 변하지 않을 것이라고 생각하였다.

혹시나 몰라, 정말 혹시나 때문에 이놈을 만들어 두었고 세상에 나오지 않길 바랐다.

하지만 지금도 앞으로도, 계속해서 이러한 일은 빈번하게 일어날 것이다. 세상에는 균형이 필요했다.

이 혼돈이 세상을 잠식하고 자신은 새로운 세상을 구축할 것이다. 그때에는 카오스도 함께 일을 도모할 것이다.

패한 자는 군말 없이 따르기도 하였다. 자신들은 지금 돌아섰다고 해도 돌아선 것이 아니니까.

[무에서 유를 창조해라. 네가 바라봤던 안타까웠던 모든 것을 세상에서 물러가게 하라.]

[그…래….]

혼돈은 여전히 갓난아기의 목소리로 대답했다. 하지만 그 대답이 가지는 가치는 그 누구도 상상도 할 수 없으리라.

코스모스가 손을 휘리릭 젓자 작은 출렁거림이 생겨났다. 물들이 구를 감쌌고 곧 그 구는 주먹만한 크기로 변하였다.

그가 손을 앞으로 뻗자 구는 그 위로 부드럽게 내려 앉았
다.

구에서 보이던 어두운 기운이 사라졌다. 대신에 그 안에
는 갓난아기 하나가 몸을 잔뜩 웅크린 채 숨을 쉬고 있었다.

갓난아기에 지나지 않았지만 그 아이의 눈은 희번득하게
떠있었다.

그 눈과 코스모스의 눈이 마주쳤다.

[이제 모든 것이 변할 것이다.]

그 말에 혼돈의 구슬이 진동을 일으켰다.

❖ ❖ ❖

일론은 발 빠르게 움직이는 드워프들을 보면서 씁쓸한
표정이었다. 자신의 나태함의 수 천 년동안 이들이 괜한 고
생을 해왔다.

그에 대한 보답을 해야 할 때라고 생각했다. 일론은 레틴
과 딜을 하였다.

지금 필요한 것중 하나가 타이탄이나 혹은 신군과 대적
하게 될 신들이 신군의 위험에 대해서 확실시하게 직시하
는 것이었다.

신군과 마주한 적이 있는 신인 파괴신. 그의 말을 토대로
설계도를 만들어내었으며 수 만이 넘는 숫자의 차원에서
내로라하는 드워프들이 모여들었다.

복사된 설계도가 그들에게 뿌려졌다. 지시는 간단했다. 단 일주일이라는 시간 만에 설계도의 신군을 완성하라 하였다.

그와 함께 말했다. 앞으로는 다시 예전처럼 풍족한 삶을 살게 될 것이라고. 레틴과 이야기 한 것은 정말 일주일 만에 신군과 흡사한 놈을 만들어내면 신들의 지원을 받아 빠른 속도로 예전의 차원으로 되돌려 놓는 것이었다.

일론은 스스로 드워프들의 움직임을 보면서도 상당히 놀랐다.

수만의 드워프들은 제각기 자신들만의 방식으로 거대한 크기의 신군의 형상을 구축해내고 있었기 때문이다.

단 일주일 만에. 만약이라도 혼돈의 구슬이 예정보다 늦게 세상에 나타난다면 자신들 쪽에서 더 우위를 잡게 될 것이었다.

드워프들이 신군과 흡사한 놈들을 찍어낼 테니까.

[벌써 한 구가 완성되어갑니다.]

일론은 옆에서 절대신인 민혁을 보면서 혀를 내둘렀다.

"저런 영특한 자들을 두고 그렇게 술만 퍼마시다니."

민혁은 쯔쯔 혀를 찼다. 일론은 입이 열 개라도 할 말이 없었다.

만약 시간이 촉박하다고 가정한다면 만들어진 신군은 타이탄의 연습 상대가 될 것이다.

그 신군들과 싸움으로써 타이탄은 놈들에 대해서 공략을 시작할 것이었다.

❖　❖　❖

자칸은 마지막 남은 문 앞에 서 있었다. 그는 피처럼 붉은 액체가 담긴 잔을 들고 있었다. 그는 단숨에 들이키고는 천천히 문을 향해서 다가갔다.

이 모든 일이 끝나면 이제 자신은 다음 세상에서는 절대 신의 자리에 오를 것이다. 모든 신들이 자신의 발밑에 기게 될 것이다.

그는 문을 부드럽게 손으로 쓰다듬었다. 마치 문이 진동하는 것 같은 착각이 일었다.

천천히 몸을 돌린 그는 무릎을 꿇고 고개를 바닥에 조아렸다.

[오셨습니까.]

그의 앞에는 아무도 서 있지 않았다.

하지만 그는 알고 있었다. 코스모스가 직접 자신을 찾아왔다.

천천히 고개를 들어 올린 자칸은 볼 수 있었다. 빈 허공에서 천천히 생겨나는 주먹만한 크기의 구슬.

그 안에 갓난아기가 몸을 웅크린 채 새근새근 잠을 자고 있었다.

조심스레 몸을 일으킨 자칸은 고개는 최대한 숙인 채 양 손을 예의를 차리며 내밀고는 그 구슬을 받아 들었다.

[혼돈의 구슬을 세상에 내보내라.]

빈 허공에서 코스모스의 목소리가 울려 퍼졌다.

자칸은 그가 사라졌다는 것을 알 수 있었다. 혼돈의 구슬을 마치 아기처럼 품에 안은 그는 문을 다시 돌아봤다.

[이제 모든 것이 바뀌고 내 세상이 온다.]

❖ ❖ ❖

민혁은 타이탄에서 내리는 미혜에게 다가섰다. 그의 얼굴에는 씁쓸한 미소가 가득했다. 그녀의 배에는 새 생명이 있었다.

때문에 최대한 조심해야 하는 게 맞았다. 자칫 큰 충격을 받았다가는 배 속의 아이가 유산 될 수도 있었다.

그렇기에 처음 휘페리온을 스카웃 할 때 그녀를 배제하려고 노력을 많이 했다.

하지만 그녀는 하겠다고 말했다. 그나마 다행인 점은 그녀의 차크라 다루는 솜씨는 이제는 세계에서 감히 누가 따라올 수 없을 정도라는 것이었다.

그녀는 아기가 있는 배의 주위로 차크라로 차단막을 형성할 수 있었다. 차단막을 형성하고 그것을 오랜 시간 유지한다는 것은 쉬운 일은 아니었지만 그녀였기에 가능하였다.

하지만 역시나 민혁은 우려를 지울 수 없었다. 자칫 큰 충격을 받거나 그녀의 정신이 흐트러지면 언제든지 그 방어벽은 뚫릴 수 있었기 때문이었다.

"표정이 또 그런다. 일론님이 날 위해 특별히 제작해주는 물건이 있다면서."

그녀는 짓궂게 웃었다. 사실 그녀도 아이에 대한 우려가 많았다. 이에 미혜와 민혁이 함께 일론에게 상의를 하였고 일론이 해답을 주었다.

탑승하지 않은 상태에서 타이탄을 가동 시킬 수 있는 방법을 찾아보고 연구하여서 빠른 시일내에 내놓겠다는 것이었다.

그렇게 되면 매우 유용한 것이었다. 그녀는 실제 전장에 뛰어들지 않고 타이탄만을 운용할 수 있는 것이니까.

하지만 실제 탑승한 것보다는 효율성이 조금 떨어질 것이라고 하였으며, 만약 타이탄이 망가지게 되면 육체적인 충격은 괜찮다고 해도 정신적인 충격은 문제가 생길 수도 있다고 하였다. 그래도 그 정도만 하여도 일론이니 가능한 일이었다.

"아내와 아이를 전쟁터에 보내는 남자의 심정이 편하겠어?"

"우리 아직 부부 아니거든?"

미혜가 짓궂게 웃었다. 민혁은 픽 웃었다.

결혼 날짜는 이미 잡혀있다. 이 전쟁이 끝나면 자신 둘은 결혼하게 될 것이었다.

그때에, 민혁은 알 수 없는 힘을 느꼈다.

그 힘에 자신도 모르게 홱 시선을 틀었다.

❖ ❖ ❖

재원은 입에 담배를 물고 찻 잔에 들어 있는 원두커피를
한 모금 마셨다. 지금은 꽤나 평화롭고 조용한 세상이 이어
지고 있었다.

염인빈이자 강민혁이 세상에 모습을 드러내었을 때 이후
부터는 정말 세계는 하루도 편할 날이 없었다.

지금의 여유는 아주 잠깐의 달콤한 휴식 같았다. 언급한
것처럼 잠깐의 달콤한 휴식에 지나지 않았다.

혼돈의 구슬이니 뭐니 한다는 물건이 세상에 모습을 드
러낸다고 하였다. 민혁은 무슨 수를 써서도 이 차원에 피해
가 가지 않게 노력한다고 말하였지만 우려가 되지 않는 건
아니었다.

"후우우우. 언제쯤 끝나려나."

평화는 언제 오는 것인가. 물론 모든 일이 일단락 된다고
해도 세상은 조용할 날이 없을 것이다.

정점에 선 활인길드를 내리려는 길드들이 계속해서 압박
을 해 나갈 것이고 자신은 그들로부터 활인과 대한민국 국
민을 지켜야 했다.

허나, 지금의 상황보다는 훨씬 나을 것이다.

똑똑!

"들어와."

문을 열고 훤칠한 두 사내가 들어왔다. 이수현과 최강현. 줄리안 무어였다.

"무어. 요새 얼굴빛이 좋네?"

금발의 미녀. 줄리안 무어의 얼굴에 얕은 미소가 감돌았다. 그녀는 소파에 자연스럽게 앉았고 최강현도 마찬가지였다. 이수현만 오재원의 뒤에 서 자리를 지켰다.

"앨런이 워낙 잘해주니까요."

"앨런은 분명히 좋은 사람이니까."

변화가 생겼다. 강민혁이 김미혜와 만나고 시간이 차츰 흐른 후에 애드거 앨런과 줄리안 무어가 연애를 시작했다.

사실 오재원은 알고 있던 사실이었다. 애드거 앨런은 줄리안 무어에게 단순한 부하나 동료로써의 감정이 아닌 다른 감정을 가지고 있었다.

그 감정은 무어가 염인빈이라는 한 사람만을 바라봤을 때 가슴이 쓰리게 만들었던 감정일 것이다.

"그 사람이 좋아지고 있어요."

민망한 표정으로 그녀는 빙긋 웃었다. 강민혁 밖에 없던 자신이 다른 남자에게 마음이 끌리고 있었다.

자신이 민혁을 좋아한다는 것을 과시하고 다녔던 사람들

틈에서 다른 남자가 생긴 것을 밝히는 게 그녀로써는 조금 꺼림칙하기도 했다.

"당연한 거야. 무어. 강민혁? 그 새끼 여자한테 잘해줄 놈이 아니지. 차라리 잘 된 거야. 애드거 앨런이라면 샌드의 악녀 줄리안 무어와 정말이지 잘 어울리지. 그보다 결혼식은 언제?"

재원의 능청에 무어는 피식 웃었다.

"너무 갔어요. 재원. 근데 틀렸어요. 강민혁. 그 사람 봐요. 지금 누구보다 행복해 보이고 미혜를 위해서 헌신하고 있어요. 이제까지 봐왔던 강민혁이라는 사람은 여자한테는 누구보다 차가운 얼음장 같은 사람이었거든요. 하지만 지금은 찻 잔 속의 따뜻한 커피 같기도 해요."

"찻 잔 속의 따뜻한 커피라…."

재원은 자신의 친구에 대한 비유에 소름이 돋는다는 듯몸을 부르르 떨다가 빙긋 웃었다.

"미혜에게 찻 잔 속의 커피라면 나에게는 잔 속의 얼음이 들어있는 사이다 같은 존재지."

"모든 일을 명쾌하게 해결하니까 말입니까?"

이수현이 말을 받았다.

"그래."

재원이 고개를 끄덕였다. 민혁으로 인해서 어떠한 일이 불거지든 그 때문에 사이다처럼 명쾌하게 일이 해결되는 것은 분명한 사실이다.

번쩍!

하늘이 갑자기 번쩍였다. 투명한 유리벽을 넘어서 그 빛은 일행을 잠시 감쌌다.

눈 깜짝할 사이에 일어난 일이었다. 빛이 걷힌 순간 재원의 시선은 창밖으로 향해 있었다.

모두가 깜짝 놀란 표정으로 창밖을 보고 있었다. 재원이 천천히 유리 벽을 향해서 걸어가고 있었다.

그의 시선에 똑똑히 보였다. 푸른 하늘에서 사람 한 명이 겨우 지나갈 수 있을 크기의 작은 공간이 생겨났다.

꿈틀거리는 그 공간 안에서는 아직까지는 그 어떠한 존재도 튀어나오지 않았다.

"이수현."

"예. 마스터."

"빠르게 확인해봐."

저 공간의 정체가 무엇인지 알 수는 없었지만 위협적인 것은 분명해 보였다. 곧 있으면 민혁도 돌아올 것이었다.

재원은 심각한 표정으로 열린 공간을 바라보았다.

❖   ❖   ❖

인성그룹의 맨 꼭대기층. 인성그룹은 국내에서 알아주는 정점에 선 기업이었다. 그 본사에서 근무하고 있는 근무자들은 항상 자신들의 목에 걸린 사원증에 뿌듯함과 자부심을 느끼고는 하는 편이었다.

각성자들은 특별하게 뽑힌 이들만 되는 것이었고 대부분 자신들 같이 대기업에 소속된 이들은 노력으로 인해서 들어온 경우가 많았으니까. 물론 가끔 낙하산이 있기는 하였지만.

서른 한 살. 노영욱 팀장을 비롯해서 수 백 명의 인성그룹의 사원들이 옥상에서 갑자기 나타난 정체불명의 공간을 바라보고 있었다.

"팀장님, 저게 대체 뭘까요."

신입사원 이한나가 꺼림칙한 목소리로 물어왔다. 노영욱은 평소에 허세끼가 조금 심한 편이었지만 그래도 나름 젊은 나이에 팀장을 단 엘리트였다.

"글쎄, 뭔지 모르겠지만 잘 해결되겠지. 우리나라 3대 길드가 서둘러서 도착할 거야."

평소에는 '자신만 믿어.' 하면서 가슴을 두들겼겠지만 오늘은 조금 달랐다.

저 공간에서 뭐가 튀어나올지 몰라서 그도 노심초사했기 때문에 쉬이 말을 뱉을 수 없었다.

인성그룹의 본사의 층수는 자그마치 58층으로 무척 높은 편에 속했고 옥상에서는 서울의 모습이 훤히 내려다 보였으며 하늘 위에 솟은 공간과도 꽤 가까운 위치에 속해 있었다.

"온다."

노영욱은 난간의 밑으로 깃발을 뒤쪽에 단 차량들이 줄 줄이 들어서는 것을 볼 수 있었다.

워스트 길드나, 활인, 화랑 길드가 빠르게 도착하고 있었으며 알 수 없는 공간과 근접한 곳 주위로는 발 빠르게 통제가 이루어지기 시작하고 있었다.

이수현은 능력 있는 지원계 각성자 여럿을 모았다.

"이번엔 또 무슨 일일지."

화랑의 스트라이커. 김두길이 미간을 찌푸리면서 이수현의 옆에 섰다.

이수현은 이러한 일이 마지막이 되지 않을까하고 직감하고 있었다. 그것은 본능이었다.

또한, 그만큼 위험한 일이 발생하게 될 것만 같았다.

"어쩌려고?"

"일단은 올라가 보려고요."

"같이 올라가지."

지원계 각성자 중에서 염력을 사용할 수 있는 이들을 모았다. 그들을 이용해서 하늘로 올라갈 것이었다.

하늘로 올라가면 일단 공간을 파괴할 수 있을 지에 대해서 확인해 봐야 할 것 같았다.

실력 있는 지원계 각성자들이 모이고 수현과 두길이 준비하고 섰다.

두길은 혹시나 모를 위험 상황에 대비하여 자신의 바스타드 소드를 굳게 쥐고 있었으며 쌍검의 태풍이라 불리는 이수현도 허리춤에 걸린 두 개의 검의 그립을 손으로 어루만졌다.

지원계 각성자들이 두 사람을 띄어 올리기 시작했다.

"히야."

옥상에서 이 모습을 바라보는 노영욱 팀장은 작은 감탄사를 내뱉었다. 다른 사원들도 두 사람이 동시에 띄어 오르는 것을 보면서 조금 입을 벌렸다.

현대 과학이 아닌, '차크라'라는 능력을 통해서 보여지는 것. 그것은 일반인들에게는 여전히 환상에 가까웠다.

공간의 앞에 도착한 이수현은 더욱더 가까이에서 볼 수 있었다.

"음…."

그는 낮은 소리를 흘렸다. 공간은 분명히 아까 전보다 더 커져 있는 것 같았다.

"제가 멀리서 보았기 때문인가요. 아니면 커진 게 맞는 것 같나요."

"커진 게 맞는 것 같은데."

이수현의 말에 두길은 후자의 편을 들어주었다.

"마치 어떤 거대한 것이 나오기 전인 것 같지 않은가?"

김두길의 말은 정확해 보였다. 당장은 나오지 못하지만 서서히 공간의 크기가 거대해지면 상상도 할 수 없는 것이 튀어나올 것만 같았다.

이수현이 허리춤의 두 자루의 검을 한 손에 하나씩 잡았다. 김두길도 마찬가지였다. 일단은 이 공간을 없앨 수 있는지 확인해볼 필요가 있었다.

두 사람이 차크라를 최대한 끌어올렸다. 서로가 가장 자신이 있는 능력을 사용했다.

이수현은 자신의 쌍검을 x자로 교차시켰다. 강한 차크라 힘이 몰려 들었고, 이내 거친 포효를 일으키는 폭풍우를 일으키는 용 한 마리가 튀어나와 공간을 향해 쇄도했다.

김두길. 그의 바스타드 소드는 검이 아닌, 단단한 해머처럼 변했다. 그가 허공 높이 바스타드 소드를 들어 올리는 순간, 실제로 5m크기로 길어지고 더욱더 두께는 넓어졌다.

콰아아앙!

쿠우우웅!

두 개의 힘이 동시에 공간을 가격했다. 곧 자욱한 먼지가 일었다.

"이야…!"

노영욱은 자신도 모르게 손에 땀이 흥건해지는 기분이었다. 우리나라에서 손가락 안에 든다는 각성자들의 능력을 직접 보았으니 당연했다.

다른 사원들도 작은 감탄사를 토해내고 있었다.

"어…?"

하지만 먼지가 걷히고 드러난 모습에 노영욱의 웃음이 사라졌다.

"꿈쩍도 않네."

젊은 사원 하나가 툭 내뱉은 말이었다. 정말이었다. 그 거대한 힘이 공간을 향해 날아갔음에도 불구하고 꿈쩍도 하지 않고 있었다.

아니, 오히려 공간은 그 힘을 흡수한 것처럼 방금 전보다 두 배는 커졌다.

"난감하군."

"…예."

공간이 커졌다. 이 공간이 커지면 커질수록 안의 정체불 명의 놈이 튀어나올 확률이 높아지는 것일 거다.

그때에.

파다다다다닥!

파다다다다닥!

공간 안에서 날갯짓을 하는 듯한 소리가 퍼졌다. 김두길 과 이수현의 얼굴이 찌푸려졌다.

곧 이어서 한 마리가 툭 튀어나왔고 가슴 팍으로 날아오 던 그것을 이수현은 본능적으로 베어버렸다.

허공으로 투명한 날개가 갈가리 찢겨 졌으며 놈의 몸통 또한 잘게 쪼개져 떨어져 내렸다.

그것은 메뚜기 같은 벌레였는데, 일반적으로 이곳 지구 라는 차원에서 보기 힘든 놈이었다.

또 한 마리가 툭 튀어나왔다. 이번에는 김두길 쪽이었다.

김두길은 자신을 향해 날아오는 놈의 몸통을 잡아챘다.

파다다다다닥!

거센 날갯짓을 하는 놈은 주먹 하나 크기였다. 날개는 잠자리의 것 같았고, 얼굴은 특이하게도 피라냐 같았다.

곤충의 치아가 매우 날카로웠다. 사람도 뜯어먹을 수 있을 것처럼. 또한 꼬리 쪽은 말벌처럼 뾰족한 독침이 봉긋하게 솟아 올라 있었다.

"이런…."

이수현은 공간의 너머로 파닥거리는 소리가 한 둘이 아니라는 걸 알 수 있었다. 백? 아니 천? 만? 전혀 가늠되지 않는다.

"서둘러서 내리고 공간을 향해 방출계 각성자들과 지원계 각성자들은 공격 태세를 갖춰!"

이수현은 목에 핏대를 세워서 있는 힘껏 소리쳤다. 그의 지시에 따라서 지원계들이 두 사람을 내려주었다.

그들이 내려오는 틈에 몇 마리가 툭 뛰어나왔다. 놈들은 허공을 배회하며 먹잇감을 찾듯이 눈을 굴렸다.

곧 그들은 먹잇감을 발견했다는 듯이 한 곳을 향해 날아갔다. 그곳은 인성그룹 본사의 옥상이었다. 사원들이 몰려 있는 그곳을 향해서 놈들이 날아가고 있었다.

"히이이익!"

참새 두 배 정도 크기의 벌레가 그 거대한 이빨을 드러내면서 다가오자 옥상은 비명이 난무했고 문을 향해서 뛰기 시작했다.

서로 옥상을 벗어나려고 하고 있기 때문에 하나 밖에 없는 옥상 문 앞은 인산인해를 이루고 있었다.

촤차차차차챗!

촤차차차챗!

막 놈들이 사람들의 앞에 도달하려는 순간이었다. 능력 좀 있다 싶은 방출계 각성자들이 시전을 끝마치고 얼음 화살과 불의 화살, 다양한 마법들로 옥상 위의 사람들을 지켜 내었다.

공격에 직격당한 놈들이 후두두둑 바닥에 떨어져 내렸다.

"휴우. 그러면 그렇지."

노영욱도 계단 쪽을 향해 달리려다가 안도의 한숨을 뱉었다.

삼대 길드가 인명 피해가 나는 걸 가만히 지켜볼 리가 없었다. 그는 뻐근한 턱을 어루만졌다.

신입 사원 새끼 한 명이 '비켜어어어!' 이러면서 팔꿈치로 치고 냅다 밑으로 도망친 것이다.

그놈의 얼굴을 단단히 기억해놨다. 놈은 아마 내려가면 턱주가리가 남아나지 않게 될 것이었다.

상황을 인지한 사원들은 곧 평정심을 찾고 방금 전 자신들이 추태를 부렸다는 사실을 깨닫고는 아무 일도 없다는 듯 감정을 추슬렀다.

어떤 이들은 그래도 불안해 밑으로 내려갔고 어떤 이들은 남아서 다시 상황을 지켜보았는데, 곧 이어서 노영욱이 기겁하면서 문 쪽을 향해 뛰었다.

그와 함께 다른 사원들도 다시금 문 쪽을 향해 뛰었다. 내려가지 않은 것을 그들은 후회하게 되었다.

한 두 마리씩 툭툭 튀어 나오던 벌레들이 수백 마리씩 쭈욱쭈욱 뽑혀 나와 순식간에 허공을 뒤덮었다.

벌써 수천은 될법한 숫자.

이 숫자가 얼마나 될지 알 수 없다는 것이 더 문제였다.

"공격해!"

이수현의 다급한 외침과 함께 방출계 각성자들의 방출 능력이 하늘 위를 별처럼 가득 메웠다.

파파파파파팟!

허공에 뿌려지는 방출계 능력들이 벌레들을 감쌌다.

수 백 여명의 삼대 길드의 내로라하는 각성자들이 사용하는 능력이었기 때문에 놈들은 빠른 속도로 숫자가 줄어들었다.

그렇지만 문제는 숫자가 주는 것보다 공간에서 튀어나오는 놈들의 숫자가 더욱더 많다는 것이었다.

수 천 마리는 될 법했던 벌레들의 숫자는 만을 향해서 달려가고 있었다. 새까맣게 허공을 장식한 놈들은 이제는 방출계 능력의 사이를 비집고는 사람들을 향해서 날아가고 있었다.

"히이이익…!"

노영욱은 뛰었다. 다행이도 방출계 능력으로도 쉽사리 벌레들을 퇴치하지 못하는 것을 안 사람들이 옥상 밑으로 빠르게 내려갔다.

하지만 놈들은 꽤나 지능적이었다.

콰장차아앙!

투명한 유리창문이 깨졌다. 놈들이 몸통으로 들이 받은 것이다. 물론 쉽사리 깨지는 창문은 아니었다.

그렇지만 수백 마리가 연달아 박아대는데 문이 견딜 수 있을 리가 없었다.

놈들은 무척이나 배가 고파 보였다. 마치 며칠을 굶은 사자처럼 인성그룹의 창문을 깨고 들어와서 사람들을 보면서 두둥실 떠있었다.

놈들이 이죽이며 웃는 듯한 착각을 노영욱은 받았다.

계단을 밟고 뛰어 내려가던 노영욱과 사원들의 숫자는 백 여명 정도였다. 진즉에 내려간 이들이 있기에 조금 줄어든 숫자였지만 서로가 더 내려가려고 아웅다웅하고 있었기 때문에 계단에서는 구르는 사람도 쉽게 찾아볼 수 있었다.

"꺄아아악!"

"미, 밀지 마!"

"흐이이익!"

인성그룹 사원들의 비명. 이것은 인성그룹 본사에서만 벌어지는 일이 아니었다. 벌레들의 숫자는 만에서 이만,

삼 만, 사만으로 여왕개미 수십 여 마리가 함께 알을 까듯이 나타나고 있었다.

다른 빌딩의 창문들도 연달아 깨졌고 어느덧 방출계 능력자들은 차크라의 소진으로 인해서 놈들을 막지 못하고 있었다.

"이런 씨발!"

노영욱은 끔찍한 참사를 보고 있었다. 이게 웬 수 만 마리의 벌레 떼란 말인가. 놈들은 사람들을 우걱우걱 뜯어먹었다.

놈들이 도망치는 사람들의 등짝을 깨물면 부드러운 순두부를 깨문 것처럼 쭈우욱 찢겨 나가며 피가 흘러나왔다.

수십이 넘는 사람들이 순식간에 죽었다.

"지연 씨!"

노영욱은 이를 악물었다. 평소에 자신이 마음에 두고 있던 신입사원인 이지연을 향해서 벌레가 날아가고 있었다.

겁을 덜컥 먹은 그녀는 인산인해 속에서 벽에 등을 기댄 채 다리에 힘이 풀린 듯 주르륵 쓰러졌다.

소화기 하나를 집어 든 그는 그녀의 앞을 막아섰다. 있는 힘껏 날아오는 벌레를 가격했다.

태에엥!

푸드드득!

소화기에 가격당한 놈이 바닥에 떨어져서 다시 날기 위해 안간힘을 썼지만 꽤나 충격을 먹은 것 같았다.

노영욱도 놈을 가격하고 소화기를 통해서 전해지는 손의 통증에 이를 악물었다.

"어서 빨리 내려…."

일단은 그녀를 구한 것에 안도의 한숨을 쉰 노영욱은 그녀의 손을 잡아채면서 밑쪽으로 밀었다.

노영욱은 갑자기 목에 느껴지는 뜨거운 통증에 사색이 되었다. 그는 멈췄다. 몸이 움직이질 않는 것이었다.

푸지이익!

살을 이빨이 파고드는 소름 끼치는 소리. 그리고 그것을 뜯어내는 느낌.

"지, 지연…."

또 다른 벌레에게 뒷목이 뜯긴 노영욱이 믿을 수 없다는 표정을 지었다. 그는 팔을 지연에게 뻗으면서 곧 앞으로 고꾸라졌다.

"꺄아아악!"

이지연은 노영욱이 자신을 구하다가 죽었다는 것도 슬퍼할 틈도 없이 도망치기에 바빴다. 그런 그녀도 얼마 지나지 않아서는 벌레의 먹이가 되었다.

"이런…!"

이수현은 버겁게 벌레들을 죽이고 있었다. 놈들은 서울의 곳곳을 배회하면서 사람들을 공격하고 있었다.

놈들은 일반인도 잘만 공격하면 죽일 수 있는 괴수에 지나지 않았다. 하지만 문제는 놈들의 숫자였다.

죽여도 죽여도 끝이 없는 놈들. 언젠간 사람은 지치기 마련이었고 이수현이나 김두길도 힘이 벅차지는 것을 느꼈다.

벌써 풀린 벌레의 숫자가 십만은 넘어 보이는 것 같았다.

다행이도 사태의 심각성을 깨달은 삼대 길드를 비롯한 국내의 길드들이 계속해서 지원을 보내오고 있었다.

하지만 이것도 오래가진 못할 것이다.

"흠…."

알렉스는 벌레가 가득 메운 하늘을 보면서 얕은 신음을 흘렸다. 이야기를 듣자마자 그는 곧바로 파괴신과 함께 이곳으로 온 것이었다.

[신군의 강림을 알리는 재앙의 시작인 것 같군.]

파괴신은 지금의 상황을 알아챘다. 신군이 나타나기 전 벌어지는 현상이었다. 신군의 전설 속에서 그들은 수많은 재앙과 함께 나타난다고 전해진다.

"이제 고작 하나의 재앙이다."

이수현이 들으면 기겁을 할 이야기였다.

파괴신은 한숨을 뱉었다.

[나는 힘을 아껴야 한다.]

그는 알렉스의 시선에 냉정한 목소리로 말했다. 신군이 나타났을 때 비로소 파괴신인 자신은 진정한 명목을 보여야 할 것이었다.

이런 자잘한 것들 때문에 힘을 사용해서는 안 되었다.

알렉스도 한숨을 뱉었다. 어쩌면 그 말이 일리가 있었다. 그는 신군과 대적해야 할 사람이었다. 힘을 낭비해선 안 된다. 언제 놈들이 튀어나올지 모르니.

"막을 수 있을 것이다."

알렉스의 눈이 좁혀졌다. 피해는 있을 것이지만 그는 인간들을 믿었다. 그들이라면 충분히 막아낼 수 있을 것이다.

그와 파괴신이 거침없이 몸을 돌렸다. 지옥과 연결된 차원을 개방하기 위해 움직이는 것이다.

❖ ✛ ❖

민혁의 앞으로 빠른 속도로 신들이 모습을 드러내고 있었다. 그들은 제각기 전투준비를 모두 끝마친 모습이었다.

타이탄 네 구도 출정할 준비를 모두 끝마친 상황이었으며 완성된 로봇형 신군의 경우도 타이탄의 연습용이라는 생각과는 달리 만들어진 이 단 한 구 뿐이라도 세상 밖으로 나가야만 할 것 같았다.

알 수 없는 힘을 느꼈던 민혁은 서둘러서 레틴에게 조사를 촉구하였다.

조사를 끝마친 레틴은 민혁이 살고 있는 차원에서 등장한 조그마한 공간에 대해서 알 수 있었고, 곧 바로 민혁에게 보고하였다.

민혁은 이상징후가 보이면 즉시 보고하라고 일렀으며 그

곳에서 어마어마한 숫자의 벌레들이 튀어나오고 있었다.

레틴은 이러한 현상이 신군이 나오기 전 이루어지는 암시와 같다고 언급했다.

[아직 안 됩니다.]

"어째서?"

레틴은 아직 출정할 것을 말렸다. 일론도 레틴의 말에 동감한다는 표정이었다.

"재앙은 순전히 그 생명체들이 자신들의 세상을 지키기 위해 막아야지요. 또한, 그런 곳에 신들의 힘을 소모할 수는 없습니다. 오히려 코스모스는 그쪽을 바라고 있을 겁니다. 혼돈의 구슬은 몇 초에 맞춰져 있는지 알 수 없는 알람입니다. 언제 폭발할지 모르는 저희가 불리한 편이기 때문에 최대한 힘을 쓸 수 있는 신들을 아껴야 합니다."

분명히 일리가 있는 말이었다. 허나, 민혁은 걱정이 되었다.

"잘 막을 수 있을까."

[그들의 세상입니다. 그들도 스스로의 힘으로 지킬 수 있는 건 지켜야지요.]

그 말에 민혁은 자신의 턱을 어루만졌다. 항상 그들은 자신에게 기대기만 할 수는 없을 것이다.

스스로들 지킬 수 있다는 것을 보여준다. 레틴의 말은 분명히 일리와 설득력이 있었다.

오재원은 긴급하게 세계 동맹국에 도움을 요청하였다. 세계의 동맹국에서 수많은 숫자의 각성자들을 보내주었기 때문에 벌레들을 어느정도 일단락 할 수 있었다.

하지만 받은 피해가 이만저만이 아니었다. 잃은 시민들의 숫자가 만 이 천 여명이 넘을 것으로 추정되는 상황이었으며 각성자의 숫자는 1천 여명 정도로 파악이 되고 있었다.

더욱 큰 문제는 바로 공간이었다. 공간은 아까 전 벌레가 나올 때보다도 네 배 가까이 커져 있었다.

이수현은 인근의 빌딩에서 대기하면서 얕은 신음을 뱉어냈다.

지원계 각성자가 다친 그의 몸 곳곳을 치료해주고 있었다. 김두길도 그의 옆에 함께 있었으며 최강현과 줄리안 무어도 있었다.

"저 공간에서 또 뭔가 나올 것 같단 말이죠."

줄리안 무어가 불안한 목소리로 말했다.

어떤 게임을 하든 처음에 보스 몹이 나오는 경우는 없었다. 대부분 레벨이 낮은 하급들이 나오지. 방금 전 벌레들은 어찌보면 하급에 지나지 않아 보였다.

"강민혁 님은…."

항상 이럴 때면 민혁이 가장 먼저 모습을 드러내고는 하였다. 하지만 이번에는 아니었다.

그의 소식을 전혀 알 수 없었다. 그를 비롯한 휘페리온의 이야기조차도 말이다.

"아마도 평소완 다른 준비가 필요한 것 같지 않습니까?"

최강현이 담배를 입에 문 채 길게 연기를 내뿜으며 하는 말이었다.

그가 '준비'까지 할 정도로 어마어마한 것이 나온다. 이수현은 얼핏 들은 이야기를 기억해내었다.

오재원이 민혁에게 들었던 적이 있는 혼돈의 구슬에 대한 이야기.

"세상이 무에서 유가 된다."

"예?"

강현이 고개를 갸웃했다.

"모든 것을 지배하는 신이 세상의 무를 꿈꾼다고 하였다."

"참 좆같은 것도 꿈꾸네요."

강현은 미간을 찌푸리면서 헛웃었다. 만약 지금 벌어지는 일이 그 신에 관한 것이라면?

이수현은 주먹에 힘이 들어가는 것을 느꼈다.

"마지막 싸움이 될 것 같다."

그 말에 최강현은 마지막 남은 담배의 연기를 깊게 빨아들이고는 바닥에 버렸다.

"좋죠, 마지막 싸움."

알렉스는 던전 깊숙한 곳에 숨겨 두었던 통로를 활짝 열었다. 통로가 열림과 동시에 안쪽에서 가장 먼저 나온 것은 검은 로브를 두르고 낫을 든 채 검은색 백마를 타고 있는 콘티누였다.

　[오랜만이군.]

　"그래."

　[우리가 이렇게 동침하게 될 줄이야.]

　절대신이었던 알렉스와 지옥신 콘티누의 사이는 매우 좋지 않았다. 때문에 두 사람의 표정도 서로에게 크게 좋지는 못했다.

　그렇지만 지금은 협력해야 할 때였다. 이 세상의 무를 반대하는 두 신으로써.

　콘티누를 따라서 뒤쪽으로 반투명한 형상의 신들이 걸어 나오기 시작했다. 그들의 숫자는 마흔 정도였다.

　그들은 이번 싸움에서 죽게 되면 영혼의 소멸을 맞이하게 될 것이다. 그럼에도 자신들이 관리했던 차원, 아꼈던 것을 지키기 위해 이곳에 왔다.

　-알렉스.

　머릿속으로 절대신인 민혁의 목소리가 퍼졌다.

　"말하지."

　-콘티누와의 접촉은 끝났나?

"이제 막 끝났다."

-지옥의 신들은?

"이번 싸움을 위해서 모여 주었다."

알렉스는 흡족한 표정으로 콘티누의 뒤에 선 반투명한 신들을 바라봤다. 그들 중에선 단순히 세상이 무가 되는 걸 원치 않아서 온 이들도 있긴 하겠지만 이 자리에 와준 것만으로도 그들은 거대한 것을 짊어져 준 것이었다.

-신군이 모습을 드러내는 순간, 일제히 함께 넘어간다.

알렉스는 민혁 또한 벌어지고 있는 재앙에 대해서는 지켜보기로 했음을 알 수 있었다.

그들 스스로도 분명히 무언가 지킬 수 있음을 보여주는 게 맞았다.

"알았다."

-금방 보도록 하지.

곧 머릿속에서 퍼지던 음성이 끊어졌다. 알렉스는 신들을 비롯하여 자신의 옆에선 파괴신을 바라봤다.

[긴장되나?]

파괴신의 질문이었다.

알렉스는 고개를 저었다.

[표정은 긴장한 것 같은데.]

그 말에 알렉스는 피식 웃었다.

[긴장이 아니라 흥분해서이다. 나는 이번 일이 끝나면 이제 강민혁의 곁을 떠날 것이다. 그 전에 남길 나의 위대한

업적이 어떨지 궁금해서 흥분되는 거지."

알렉스는 생각보다는 여유로운 표정으로 웃고 있었다.

❖ ❖ ❖

대한민국은 미국에서도 감히 어찌할 수 없을 정도로 강한 힘을 가진 국가로 성장하였다. 그 이유는 순전히 삼대 길드의 힘 때문이 아닌, 강민혁과 휘페리온 덕분이었다.

때문에 예전처럼 다른 나라가 대한민국이 빠진 위험을 외면하지는 못했다.

노블레스 마하엘. 신사적인 그의 허리춤의 레이피어가 싸움을 재촉하듯이 날이 번들거렸다.

노블레스 마하엘을 비롯한 13인의 퍼스트 클래스가 대한민국 땅으로 워프존을 타고 순식간에 넘어왔다.

그뿐만이 아니었다. 세계의 각국에서 수많은 각성자들을 지원하고 있었다. 지원된 각성자들의 숫자만 약 2만 여 명이었다.

이중 3천 여명이 시민들을 피신시키는데에 온 힘을 주력하고 있었다.

다행이도 모든 일은 트럭 한 채 만한 크기의 공간에서 비롯되고 있었다. 때문에 공간은 한정적이라는 것이 그나마 다행이었다.

"처음에는 벌레, 두 번째는 죽었던 자들. 세 번째는 뭘까."

노블레스 마하엘은 미간을 좁혔다. 첫 번째에는 사람의 살을 뜯어 먹는 벌레들 수 만 마리 이상이 모습을 드러냈다.

다행이도 대한민국은 잘 버텨주었다. 두 번째는 언데드들이었다. 공간을 비집고 튀어나왔던 언데드들의 숫자는 상당하였다.

덧붙여서 강하기까지 한 놈들이 많았다. 다행이도 그때에 맞춰서 시크릿 에이전트와 13인의 퍼스트 클래스가 등장하였다. 그랬기에 망정이었지 아니었다면 서울이 모조리 언데드들의 소굴이 되었을 것이다.

공간은 계속해서 커지고 있었다. 눈을 한 번 돌렸다가 다시 두면 다시 커진 것을 확인할 수 있었다.

"흐음…?"

노블레스 마하엘은 눈을 가늘게 떴다. 공간이 커지는 속도가 계속해서 빨라지고 있었다. 다른 이들도 그것을 눈치챈 듯 싶었다.

"강민혁은 안 보이는군."

검은 별 존 워커는 의아한 표정이었다. 항상 이런 일이 터지면 누구보다 빨리 당도했던 사내가 온데간데 없이 모습을 드러내지 않고 있었기 때문이다.

"항상 그에 의해서 의존하는 건 옳지 않지."

노블레스 마하엘의 말에 존 워커는 담배 연기를 뿜으면서 고개를 끄덕였다. 시크릿 에이전트들은 사실 딱히 강민혁이라는 자를 좋아하지는 않았다.

그만 없었더라면 이 세상의 정점에 선 자들은 자신들이었을 테니까.

"예전에 사람들이 항상 하던 말이 있지. 지금은 적용되는지는 잘 모르겠다. 존 워커."

마하엘은 코끝을 간지럽히는 냄새에 미간을 찌푸렸다. 존 워커도 눈치챈 듯한 표정이었다.

"인간은 절대 자연을 이길 수 없다. 그 이야기가 과연 지금도 성립이 될까?"

"글쎄. 그건 해봐야 알지 않을까."

지진, 해일, 폭풍과 같은 재난들을 인간은 이기지 못한다라고 했던 말. 하지만 지금은 인간들에게 차크라라는 초능력이 생긴 상황이었다.

그럼에도 막을 수 없을까? 아마도 해봐야 할 것이었다.

마하엘의 반쯤 가라앉은 눈이 공간으로 향했다.

공간에서 작은 빛이 출렁거렸다. 그 순간이었다. 30m크기의 해일이 모습을 드러내었다.

"헉…!"

"무슨…."

각성자들은 모습을 드러낸 거대한 크기의 해일을 보면서 입을 크게 벌렸다. 높은 급을 가진 괴수들이 해일을 일으키는 능력을 보이는 경우도 분명히 있었다.

하지만 그 크기 자체가 달랐다. 해일은 순식간에 나타나서 건물들을 우르르 무너뜨리면서 각성자들을 향해서 접근하고 있었다.

계속해서 공간에서 작은 빛이 번쩍였다.

콰콰쾅!

마른하늘에 날벼락이 치기 시작하였다. 문제는 그 날벼락이 사람들의 틈으로 떨어진다는 거였다.

번쩍!

콰아앙!

날벼락에 직격당한 이들은 흔적도 없이 재가 되어서 사라졌다. 벼락 하나가 집어삼킨 사람들의 숫자가 족히 50은 되었다.

후두두두둑!

마하엘은 자신의 코끝에 떨어지는 물방울에 하늘 위를 올려다보았다. 거대한 크기의 먹구름들이 생겨나고 있었다.

"정말 피곤하겠군."

마하엘은 고개를 도리도리 저었다.

존 워커도 마찬가지라는 듯 한숨을 뱉으면서 자신의 왼손의 갈고리를 어루만졌다.

쿠쿠쿠쿠쿠쿠!

땅이 진동하기 시작했다. 아리에이는 일본에서 느꼈던 그 어떠한 강진들도 지금의 지진과는 비교하지 못할 거라고 생각했다.

땅이 갈라지는 것이 그녀의 눈에 보였다. 그 안에서는

태양을 코앞에서 보는 듯한 붉은 빛이 감도는 마그마가 세상 밖으로 튀어나오기 위해 꿀럭거리고 있었다.

역시나 다행인 것은 공간의 주위로 벌어지고 있다는 것이었다. 물론 공간의 주위에서 벌어졌다고는 하지만 막지 못하면 더 넓게 서울 일대로 퍼져 나갈 것이었다.

"이제 그만 가자, 존 워커."

"그래야지."

존 워커는 시가 연기를 깊게 들이마셨다.

"이런…."

이수현은 당혹한 신음을 뱉어내었다. 최강현도 마찬가지였다. 빌딩을 우수수 무너뜨리는 거대한 해일, 땅을 갈라지게 만드는 지진, 모든 것을 녹여버릴 듯한 마그마까지.

최강현이 손가락을 따악 퉁겼다. 빈 허공에서 대포가 생겨났다. 거대한 크기의 대포로 그의 차크라가 몰려들고 있었다.

뿜어져 나간 거대한 힘이 해일과 마주하였다.

콰아앙!

빌딩들을 휩쓸면서 최강현이 있는 쪽으로 향하던 해일이 주춤하였다. 지금 해야 할 것은 해일을 물러서게 하는 것이 아니라 완전히 소멸시키는 것이었다.

즉, 증발을 시켜야만 했다. 미는 것보다 소멸시키는 것은 몇 배는 더 힘든 것이었다.

결국 최강현이 한 걸음 뒤로 물러섰다.

"끄응….."

그의 입에서 얕은 신음이 흘러나왔다. 해일은 그 힘을 밀어내고 최강현을 덮치기 위해 안간힘을 쓰고 있었다.

콰아아앙!

이수현이 쏘아 보낸 폭풍우를 휘감은 용이 최강현을 도왔다. 겨우겨우 해일 하나가 완전히 모습을 감췄다.

"크윽."

"하아하아."

최강현과 이수현이 바닥에 주저앉았다. 이 한 번으로 상당한 양의 차크라를 소모해버렸다. 하지만 그에 반해서 만들어지고 있는 해일의 숫자는 기하급수적으로 늘어만 가고 있는 상황이었다.

"젠장….."

최강현이 욕을 중얼거렸다.

좌아아악!

"푸흐으으읍!"

해일에 휘말린 노민후는 정신을 차릴 수가 없었다. 그라면 충분히 도망칠 수 있었지만 평소 아끼던 분대원이 해일에 삼켜지려는 것을 보고 몸을 던졌다.

하지만 결국 구하지 못했다. 그는 이제 노민후의 시야에서 완전히 사라졌다.

이제 노민후는 그의 목숨보다는 자신의 목숨을 걱정해야 할 때였다.

"푸하아악!"

힘겹게 물 밖으로 고개를 들이밀었다. 막혔던 숨이 타악 트이면서 폐 속으로 공기가 빠르게 들어왔다.

"허억허억. 씨팔."

노민후는 다시 거대하게 출렁이는 파도를 보면서 입을 앙다물었다. 또 다시 파도가 그를 집어삼켰다.

"꾸르르륵!"

숨이 막혀왔다. 1분이 지나가려고 한다. 온몸의 힘이 빠지기 시작했다. 겨우겨우 몸을 지탱하던 차크라가 거의 소진되고 있음을 알리는 것이었다.

그는 서서히 정신이 흐릿해지는 것을 느꼈다. 자신은 곧 이 해일 안에서 죽음에 이르게 될 것이었다.

그때에 첨벙하는 소리와 함께 누군가 물속으로 들어왔다.

"대, 대장님."

물속으로 뛰어 들어온 이는 다름 아닌 이길현이었다. 이길현은 허리춤에 와이어를 착용하고 있었다.

하지만 와이어는 거쎈 해일 때문에 끊어질 듯 말 듯 위태로워 보였다.

떠내려가려는 노민후의 허리를 이길현이 꽉 끌어안았다. 이길현은 씨익 웃었다.

철컥!

푸슈유육!

그가 와이어를 당겼다. 빠른 속도로 해일을 벗어났다. 노민후의 숨이 다시 타악 트였다.

"커허어억! 허억!"

죽기 직전까지 갔던 노민후는 정신을 차리기 힘들었다.

"그래도 다행이 기절은 안 했네. 너하고 입 맞추는 건 죽어도 싫거든."

길현은 능글맞게 웃었다.

두 사람은 쓰러진 빌딩의 한 켠에 착지해 있었다.

"내가 널 어떻게 키웠는데 이런 데서 뒈져?"

"가, 감사합니다."

노민후는 눈물이 핑 도는 느낌이었다. 웃고 있었지만 길현의 시선은 물에 떠내려가는 사람들에게 향해 있었다.

그중에는 자신의 부하도 있었고, 생판 모르는 각성자도 있었으며 일반인들도 상당해 보였다.

"빌어먹을."

구하고 싶지만 그럴 수 없었다. 자칫 자신 목숨까지 위험해질지도 모르는 노릇이었다.

그 순간 이길현의 눈에 한 사람이 들어왔다. 바로 오혁수 공격대장이었다. 오혁수 공격대장이 반쯤 뽑힌 전봇대를 힘겹게 부여잡고 그 끝에서 버티고 있었다.

"대장님!"

이길현이 힘껏 그를 불렀다. 전봇대를 겨우 붙잡고 있는 그의 시선이 돌아갔다.

오혁수는 많이 지쳐 있었다.

"허억허억."

당장이라도 떠내려갈 것 같은 모습이었다. 길현이 막 뛰쳐나가려는 순간 멈칫했다.

그는 오혁수의 눈을 볼 수 있었다. 그는 고개를 저었다.

자칫 잘못 했다가는 이길현도 함께 죽을 수 있었다.

'무모한 친구.'

오혁수는 작게 웃었다. 자신이 안 된다고 해도 그는 구하러 올 것이었다. 차라리 지금 이 전봇대를 놓고 물 안으로 사라지면 그는 자신을 쫓아오지 않을 것이다.

그땐 정말 그도 위험할 테니.

"대장님, 지금 무슨…!"

그 말이 채 끝맺어지기 전이었다. 오혁수는 잡고 있던 전봇대를 놓았고 물속으로 빨려 들어가기 시작했다.

파지직

이길현은 마른 침을 꿀꺽 삼켰다. 하늘이 요란하다. 또다시 벼락이 칠 것 같았다. 벼락과 물이 닿는다면?

"치잇."

오혁수는 모르는 것이 있었다. 이길현은 자신이 정말 위험하다고 해도 그만큼은 구할 자였다.

길현은 오혁수에게 빚진 것이 많았다. 단 한 단계 차이급의 대장이었지만 오혁수는 더 나아가 많은 것을 가르쳐

준 자였다.

파아앗!

"3분대장님!"

노민후가 더욱더 거칠게 움직이는 해일을 향해 움직이는 길현에게 손을 뻗었지만 그는 이미 와이어를 이용해서 물속으로 파고 들어갔다.

노민후는 긴장 어린 표정으로 물속 안을 바라봤다.

파지직!

정말 하늘이 심상치 않았다.

"제발… 제발….."

노민후에게는 둘 모두 너무나 소중한 분들이었다. 둘 모두를 지금 이 자리에서 잃는 모습을 보고 싶지 않았다.

속으로 간절히 애원하면서 신에게 기도했다.

콰아아앙!

"안…."

요란한 번개가 치는 소리와 거의 동시다발적이었다. 축늘어진 오혁수를 끌어안은 이길현이 와이어를 타고 물에서 빠져나왔다.

그와 함께 벼락은 물 위로 떨어졌다.

파지지이이이익!

"ㅇㅇㅇㅇㅇㅇㅇ!"

"끄ㅇㅇㅇㅇ!"

이길현이 부드럽게 노민후가 있는 곳으로 오혁수와 함께

착지했다.

자신들은 무사했지만 길현은 들려오는 끔찍한 소리에 차마 시선을 틀지 못했다.

벼락과 물이 만남으로써 감전된 사람들이 두둥실 물 위로 떠오르고 있었다.

"빌어먹을."

흠뻑 젖은 이길현은 이 빌어먹을 재앙에 입술을 질끈 깨물었다.

"제발 빨리 좀 끝나라."

첫 번째 재앙도, 두 번째 재앙도 시간이 지나자 더 이상 놈들이 나오지 않았다.

세 번째 재앙 역시도 마찬가지일 것이다. 일정시간을 버티면 더 이상 나타나지 않을 터였다.

이길현은 땅이 격하게 진동하는 것을 느꼈다. 또 다시 땅이 갈라지려고 하는 것이다.

그는 노민후와 오혁수의 팔을 한 쪽씩 잡았다.

"꽉 잡으십시오."

우르르르르!

반쯤 무너졌던 빌딩이 다시 우렁찬 비명을 토해냈다.

두 사람의 팔을 붙잡은 이길현이 힘껏 뛰어올랐다.

와이어가 팽팽하게 당겨졌다. 당장 끊어질 듯 위태로웠다. 안전한 곳을 찾아서 막 발을 대려는 순간이었다.

투욱!

와이어가 무게를 견디지 못하고 끊어지며 세 사람이
함께 바닥을 굴렀다.

6. 마지막 전투

NEO MODERN FANTASY STORY

RAID
신의 탄생

레이드

NEO MODERN FANTASY STORY

"허억허억."

비틀거리는 몸을 일으킨 세 사람은 주위를 살폈다. 해일에 죽거나, 지진에 죽거나, 벼락에 맞아 죽거나.

계속해서 비명이 난무했다. 수 만의 각성자들의 숫자가 너무나도 빠르게 줄어들고 있었다.

길현의 눈으로 거센 토네이도가 들어왔다. 토네이도로는 5톤 트럭조차도 끌려 들어가 하늘 위로 높게 솟구치고 있었다.

버텨내기 위해 사람들은 잡을 수 있는 것이라고는 모두 잡고 안간힘을 썼지만 결국 그 힘을 견디지 못하고 빨려 들어가고 있었다.

그때에 노블레스 마하엘과 검은 별 존 워커. 아리에이. 세 사람이 함께 허공으로 높이 번쩍 뛰어올랐다.

세 사람이 각기 가장 자신 있는 능력을 펼치면서 토네이도를 힘겹게 잠재웠다.

바닥으로 내려선 그들은 거친 숨을 토해냈다. 그들도 지친 기색이 역력해 보였다.

"좋지 않아. 아주 좋지 않아."

검은 별 존 워커의 가슴이 크게 오르락 내리락 펌프질하였다. 마하엘도 또 한 번 이러한 재해가 들이 닥치면 자신들도 막지 못할 거라는 것을 직시했다.

번쩍!

빛이 대한민국을 덮었다. 마하엘은 또 다시 재해가 시작된다고 여겼다.

하지만 그 빛이 세상을 밝힌 후에 찾아온 것은 칠흑 같은 어둠이었다.

스르르르르!

촤아아아!

주위를 가득 메우던 해일과 토네이도, 마그마가 사라졌다.

해일은 뜨거운 햇빛과 만나서 바닥에 말라 들어가는 것처럼 스며들었고 토네이도는 순식간에 허공에서 사라져버렸다. 뜨거운 마그마는 다시 바닥 속으로 기어 들어갔다.

세 번째 재앙이 끝났다는 것을 알 수 있는 시점이었다.

문제는 이 어둠. 너무나 어두웠다. 마치 아주 작은 불빛도 있지 않은 좁은 방 안에 들어온 것 같았다.

사람의 눈은 참으로 똑똑하다. 처음에는 적응하지 못하지만 시간이 지날수록 차츰 적응하여서 어둠 속에서 사람을 볼 수 있게 해준다.

하지만 문제는 지금 당장이었다. 아직 적응하지 못한 시야는 사람들의 형상도 쫓지 못하게 만들 정도였다.

물론 그것은 일반인들에게 해당 되는 것이었다. 각성자들은 제각기 능력을 통해서 앞을 보거나 혹은 다른 지원계 각성자나 방출계 각성자의 도움을 받아서 앞을 볼 수 있었다.

그렇다고 완전히 어둠이 해소되는 것은 아니었다. 후레시로 앞을 비춘 것처럼 앞만 볼 수 있다는 것이다.

"좋지 않아."

검은 별 존 워커가 중얼거렸다. 마하엘은 고개를 끄덕였다. 이런 식의 어둠은 치열한 전투에서 상당히 불편한 문제가 제기된다.

완전하게 트여진 시야에서 자동차를 운전하는 것과 칠흑같은 어둠 속에서 운전하는 것의 차이라고 할 수도 있는데, 그나마 운전이 나을 것이다.

어둠이 내려앉은 고속도로에서 운전자들은 앞만 보며 달리면 되지만 지금의 각성자들은 앞뿐만이 아니라 자신이 노출 된 모든 곳을 경계하고 싸워야 했기 때문이다.

두우우우웅

"…억?"

마하엘은 자신도 모르게 신음을 흘렸다. 그것은 검은 별 존 워커도 마찬가지였다. 그가 입에 물고 있던 시가가 바닥에 툭 떨어졌다.

아리에이는 부들부들 몸을 떨면서 풀썩 바닥에 주저 앉아 버렸다.

"으아아아…."

아리에이는 신음을 흘리며 눈물까지 흘리고 있었다. 주저 앉은 그녀의 온몸이 파들파들 거세게 떨렸다.

그나마 시크릿 에이전트. 세 사람은 나은 경우였다. 일반적인 각성자들은 견디지 못하고 바닥에 주저 앉아서 토악질을 하거나 기절해서 입에 게거품을 물고 있었다.

공간과 가까운 일반인들은 그 힘을 받는 즉시에 심장마비를 일으켜 심장을 감싸 쥐고 바닥에 쓰러지는 이들도 부지기수였다.

"쿠에에에엑!"

노민후는 토악질을 해대면서 눈앞이 흐릿해지는 것을 느꼈다. 이질적인 느낌이었다. 뇌를 파헤치듯한 강렬한 느낌과 가슴을 후벼 파는 듯한 기분.

또한 차크라 주머니 안의 차크라가 빨려 나가는 기분이었다. 온 몸의 힘을 흡수당하는 것 같았다.

"정신차려라."

이길현도 바닥에 무릎을 꿇고 주저 앉아 있었다. 하지만 그는 알고 있었다. 노민후가 느낀 차크라가 흡수 당하는 느낌은 사실이었다.

문제는 정신을 잃고 모든 차크라를 흡수 당하는 순간에 죽게 될 것이라는 사실이었다.

"대, 대장님…."

노민후는 힘겹게 정신을 차리려고 했지만 잘 되지 않았다. 그의 눈이 스르르 감겨졌다.

차크라 주머니에 있는 모든 차크라가 허공으로 올라가고 있었다.

그리고 이내, 노민후의 손이 투욱 바닥으로 떨어졌다.

"크흐윽…."

이길현은 노민후의 심장이 멈췄음을 알 수 있었다. 하지만 슬퍼할 틈이 없었다. 자신도 지금 얼마나 위급한 상황이 왔는지 알 수 있었다.

그는 고개를 들어 올렸다. 칠흙 같은 어둠이 다시 만들어졌다.

지원계 각성자도, 방출계 각성자들도 견디지 못하고 차크라를 빨리고 있었다.

이길현의 눈이 가늘어졌다.

작은 불빛이 만들어졌다. 아리에이가 힘을 짜내어서 공간 쪽을 향해서 불을 비추고 있었다.

눈을 뜨고 견디고 있는 자들은 볼 수 있었다. 검은 피부를 가진 한 사내가 공간의 앞에 두둥실 떠올라 있었다.

그는 품 속에 부드러운 천에 감싸진 무언가를 안고 있었는데, 그가 천을 벗겨내자 모습을 드러낸 것은 주먹만한 크기의 구슬이었다.

구슬 안에는 검은 기운이 일렁이고 있었는데, 그 안에는 몸을 웅크리고 있는 갓난아기가 있었다.

"크흐윽. 허억."

이길현은 구슬을 마주하는 순간 가슴이 덜컥 내려앉는 기분이었다. 그는 주르륵 바닥으로 쓰러졌다.

오혁수도 마찬가지였다. 그는 이미 바닥에 쓰러져서 숨이 끊어진 지 오래였다.

바닥에 쓰러진 이길현의 가슴이 땅과 만나 계속 크게 들쭉날쭉 거렸다.

한참을 버티던 그는 온 차크라를 구슬에 빼앗기고는 스르르 눈을 감았다.

"크윽."

시크릿 에이전트들은 각성자들이 차크라를 빨리고 죽어나가는 것을 알 수 있었다. 더 이상은 자신들도 버틸 수 없었다.

어느덧 공간의 크기는 거대한 빌딩 두 개를 합친 것만큼 커져 있었다. 그 공간에서 팔 하나가 불쑥 튀어나왔다.

그것은 흡사 말의 팔과 비슷했는데, 손가락이 있다는 것이 조금 다른 점이었다. 이어서 그 팔은 계속해서 모습을 드러내었다.

완전히 모습을 드러낸 놈은 13m크기에 양의 얼굴, 상체는 말의 것이었고 하체는 소의 것이었다.

놈은 거대한 크기의 검을 들고 서 있었으며 몸으로는 빛이 번쩍이는 플레이트 아머를 착용하고 있었다.

또한, 양의 머리와 어울리지 않게 쓰고 있는 투구가 상당히 아이러니한 모습이었다.

한 놈의 등장에 그치지 않고 계속해서 비슷하게 생긴 놈들이 쏟아져 나오기 시작했다.

놈들은 제각기 다른 무기를 쥐고 있었다. 계속해서 공간을 메우는 놈들의 숫자는 어느덧 얼핏 200을 넘어서고 있었다.

놈들은 정체를 알 수 없는 사내와 구슬의 주위를 원의 형태로 감싸기 시작했다. 마치 둘을 철저하게 지켜내겠다는 듯한 모습이었다.

자칸은 자신이 품에 안고 있던 혼돈의 구슬을 조심스럽게 내려놨다.

땅에 떨어지지 않고 혼돈의 구슬은 허공 위에 두둥실 떠올라 있었다.

쑤우우욱

혼돈의 구슬 주위에는 기류들이 흐르고 있었는데, 그것은 혼돈의 구슬이 빨아들인 차크라였다. 곧 혼돈의 구슬로 그 차크라는 모조리 빨려 들어가기 시작하였다.

차크라를 쉴 새 없이 빨아들이는 혼돈의 구슬은 조금씩 커지기 시작했다.

마하엘도 자신의 끝이 다가왔음을 눈치채고 있었다. 공간의 주위의 인간들이 쓰러지던 것처럼 계속해서 그 영역이 넓어지고 있었다.

즉, 정체를 알 수 없는 구슬은 계속해서 더 방대하게 사람들의 차크라를 끌어 모으고 있는 것이다.

각성하지 못한 일반 인간들도 미미한 양이지만 차크라를 분명히 가지고 있었으며 그것이 모두 사라지면 당연시하게도 모두 죽게 된다.

아리에이가 비추던 불빛이 사라졌다. 바닥에 쓰러진 그녀의 숨소리가 미약해지고 있었다.

다시 어둠이 세상을 잠식했다.

한동안 그 어둠이 지속되고 있었으며 간혹 살기 위해 크게 호흡하려는 본능적인 숨소리만이 퍼지고 있었다.

번쩍!

스르르 눈을 감던 마하엘은 자신의 눈을 빛이 스치고 지나가는 것을 느낄 수 있었다.

그리고 잠깐의 다시 어둠.

번쩍!

빛이 계속해서 번쩍였다가 사라지고 있었다. 마하엘의 시선이 아주 힘겹게 그곳으로 돌아갔다.

어둠 속에서 정체를 알 수 없는 자들이 빛에 휩싸이면서 생겨나고 있었다.

그리고 그 어둠 속에서 모습을 드러낸 이들 중 몇몇은 마하엘의 눈에 분명히 익은 자들이었다.

휘페리온, 그를 비롯해서 가장 앞에 선 사내는 바로 강민혁이었다. 마하엘은 픽 하고 웃었다.

"다행이군."

함께 모습을 드러낸 자들이 누구인지 마하엘은 정확히 알지는 못했다. 하지만 지금 민혁의 표정을 보면 '늦었다'보다는 지금의 순간을 '기다렸다' 라는 표정이었다.

그것은 이들과 싸울 수 있게 준비를 갖추었다는 것이었고, 앞으로 희생될 이들의 숫자는 줄어들 거라는 거였다.

"재수 없긴 하지만."

마하엘은 세계의 정점을 꿈꾸었고, 사실 어느정도 이룩해내었다. 물론 단 한 사내. 강민혁을 넘지는 못하였지만. 그래서 그가 항상 미워 보였다.

그래도 그는 인정했다.

"강민혁이라면 해낼 것이다."

마하엘의 힘없는 손이 스르르 투욱 바닥에 떨어졌다.

번쩌억!

레틴이 허공 위로 손을 들어 올렸다. 그와 함께 터져나간 빛이 어둠에 잠긴 서울을 밝게 비췄다.

어둠에 감춰져 보이지 않던 모습이 민혁의 눈에 고스란히 들어왔다. 숨을 쉬는 이들의 숫자는 매우 적어 보였다.

작은 후회가 밀려왔다. 차라리 먼저 와서 도와 줄 걸 그랬나? 하는.

하지만 그 후회를 레틴이 밀어 넣게 했다.

[전 차원이 걸려 있는 일입니다.]

그의 말처럼 지금의 희생은 앞으로 있을 싸움에 비한다면 새 발의 피밖에 되지 않을 정도로 아주 작은 것이었다.

물론 민혁이 인간이라는 것을 감안한다면 상당히 큰 타격이었지만 합당한 것은 레틴의 말이 사실이었다.

"아버지는 살아계시겠지."

이 어딘가에 자신의 아버지도 죽어 있을까? 오중태는 부정했다.

확인을 하여도 이 싸움이 끝이 나면 해야 할 것이었다. 죽었다는 사실을 알게 되면 이 복받치는 감정을 자신 스스로도 추스를 수 없을 것 같았기 때문이었다.

민혁은 차갑게 내려앉은 시선으로 자칸을 노려보고 있었다. 그의 얼굴로는 여유로운 미소가 가득해 보였다.

주위로는 사 백 여 마리 정도 되는 숫자의 신군들이 자신들을 내려다보면서 여유롭게 무기를 어루만지고 있었다.

이내 신들도, 신군들의 시선도 휙 돌아갔다. 먼 곳에서 알렉스와 파괴신, 콘티누가 반투명한 형태의 신들을 이끈 채 이곳으로 내달려 오고 있었다.

자칸의 미간이 찌푸려졌다.

지옥의 신들이 민혁에게 협조를 했다는 사실은 전혀 몰랐다. 거기에 가장 앞장 서 있는 자는 지옥신 콘티누가 아니던가.

도착한 반투명한 신들이 민혁의 등 뒤에 함께 섰다. 모인 신들의 숫자가 어림 잡아서 팔십 정도였다.

콘티누와 알렉스, 파괴신은 민혁의 바로 옆에 섰다.

"아직 놀라긴 이른 것 같은데."

알렉스는 자칸을 보면서 자신의 긴 금발의 머리카락을 뒤로 쓸어올렸다. 그 말과 함께 공간이 열리면서 가장 먼저 일론이 걸어 나왔다.

걸어 나오는 일론을 보는 자칸의 얼굴은 일그러졌다. 그는 일론이라는 신에 대해서 알고 있었다. 신들 사이에서 전설적으로 존재하는 타이탄이라는 무구를 만들어낸 대장장이 신이었다.

그런 일론은 자칸이 알기로는 술에 찌든, 이제는 자신에 대한 원망만 가득한 패배자 같은 신이다.

그런 일론의 모습은 자칸이 상상하던 것과는 달랐다. 술에 찌든 모습은 온데간데 없이 그는 당당한 표정으로 공간을 비집고 나와서 자칸을 올려다보고 있었다.

그와 함께 거대한 발 하나가 땅을 밟았다.

끼이익!

쿠웅!

요란한 기계가 작동하는 소리. 자칸은 불길한 예감이

레이트 신의 탄생

스친다는 것을 알아챘다. 연이어서 기계 작동음은 들려왔고 타이탄 한 구가 완전한 모습을 드러내었다.

신군과 비교했을 때에 조금 작은 크기였지만 그 크기도 결코 작은 편이라고 말할 수 있는 수준은 아니었다.

계속해서 한 대, 두 대 모습을 드러내기 시작하였으며 총 네 대의 타이탄이 신들의 바로 뒤에 섰다.

그를 이어서 로봇형 무구들은 끝없이 모습을 드러냈다.

대장장이 신이 골칫거리인 이유는 그는 수 천 년을 신으로 군림한다는 것이고 그 시간 동안 수많은 무구를 만들어 낼 수 있다는 것이었다.

그리고 더욱 큰 문제는 그 무구가 신들에게도 반항할 수 있을 정도의 강력한 것이라는 거다.

일론은 그러한 무구를 수도 없이 만들어내었고, 무력이 약한 신들을 그 무구를 통해서 보완해낸 것이다.

로봇형 무구를 탑승하지 않을 신들은 제각각의 무구들을 보이고 있었는데, 그 무구들이 하나 같이 범상치 않아 보였다.

술에 찌들었다는 이야기와 다르게 일론이 수 천 년 동안 크게 게으르지 않았다는 것을 보여줬다.

자칸은 어금니를 꽉 물었다.

전설 속의 타이탄을 대동할 줄은 꿈에도 모르고 있었다.

픽

그렇지만 그는 곧 웃었다.

신군의 주위로 수 십의 신들이 빛에 휩싸이면서 나타나기 시작하였다. 코스모스의 편에 선 신들이었다.

타이탄이라는 수는 매우 큰 것이 사실이었다. 하지만 그들은 혼돈의 구슬이 언제 터질 줄을 모른다.

그들은 시간 초를 모르는 시한폭탄을 앞에 두고 해체를 해야 하는 상황이었다. 유리한 것은 자신들 쪽이었다.

가장 앞에 선 민혁이 뒤를 돌아보며 작게 고개를 끄덕였다. 레틴도 그에 고개를 끄덕이면서 곧 바로 시행에 옮겼다.

민혁은 볼트라는 교활함과 자만함의 신의 능력을 가져왔다. 그리고 그 능력을 레틴에게 넘겨주었다.

볼트는 신들 중에서 최하위에 속하는 보잘 것 없는 신이었다. 그렇지만 그의 능력인 자신만의 공간을 만들어내는 것은 지금 그 어떠한 능력보다 유용한 것이었다.

혼돈의 구슬을 중간지점으로 새로운 공간으로 이동되었다. 그것은 신들도 함께였다.

사실 볼트의 능력은 다른 신들이 충분히 깰 수 있는 능력이었다. 하지만 카오스의 편에 선 신들이 공간을 깨는 것을 막아낸다면 충분한 유지가 가능하였다.

자칸은 그들의 생각을 알아챘다. 최대한, 자신들의 싸움으로 있을 인명피해를 줄이기 위해서였다.

그리고 자칸은 그것을 크게 신경 쓰지 않았다. 어차피 혼돈의 구슬이 폭발하는 순간 모든 이들은 이 세상에서 흔적도 없이 사라지게 될 것이었으니 말이다.

'계속 커지고 있다.'

처음 민혁이 도착했을 때는 혼돈의 구슬의 크기는 주먹 하나보다 조금 더 큰 모양이었다. 그렇지만 지금은 농구공 하나 정도의 크기로 커져 있었다.

저 안에서 꿈틀거리는 갓난아기.

아니, 갓난아기가 조금 컸다고 느껴지는 것은 자신의 착 각일까?

시간이 흐를수록 혼돈의 구슬이 폭발할 시간은 더욱더 다가오고 있었다.

[서둘러야겠군요.]

레틴의 미간이 좁혀졌다.

[공간을 넘어왔다고 해서 방금 전 혼돈의 구슬이 차크라 를 빨아 들이 듯한 행위가 퍼져나가지 않는 것은 아닌 것 같습니다.]

민혁은 고개를 끄덕였다. 혼돈의 구슬은 주위의 차크라 를 모두 빨아들이면서 더욱 커지고 있었다.

그 어떠한 생명체라고 할지라도 차크라와 같은 고유의 힘이 존재하는 법이었고, 혼돈의 구슬은 계속해서 그 힘을 빨아들이며 몸을 부풀리고 있었다.

신들의 미간이 찌푸려졌다.

지금 서 있는 자신들도 계속해서 혼돈의 구슬에 힘을 빨 리고 있었다. 시간이 지체될수록 불리해지는 것은 자신들 이라는 사실을 직시시켜 주는 것이었다.

민혁은 자칸을 올려다보았다.

그의 오른 쪽 귀와 왼 쪽 귀 각 각 하나씩에는 멀미약 같은 것이 부착되어 있었으며 그것은 신들도 마찬가지였다.

오른 쪽의 경우는 민혁이 원할 시 타이탄을 운행할 휘페리온에게 전음이 들리며 좌측의 경우에는 신들에게 전부 전음 된다.

"해보자. 한 번."

그 말과 함께 휘페리온이 제각기 타이탄에 오르기 시작했다. 다르게, 미혜의 경우는 신들의 뒤쪽에 서서 일론이 제작해준 조이스틱과 흡사하게 생긴 조종기를 집었다.

조종기는 단순해 보였지만 타이탄의 척추와 미혜의 뇌의 신호가 정확하게 연결되어 있었다.

그녀는 상상하는 것만으로도 타이탄을 조종할 수 있는 것이다.

[호오.]

자칸의 눈이 흥미를 머금었다. 타이탄에 오르는 이들은 다름 아닌 인간들이었기 때문이었다.

절대신인 강민혁이 무모하게 인간들을 사용하지는 않을 거라는 판단이 들었다. 그만큼의 이유가 있을 것이었다.

후우웅

민혁의 팔에 힘이 모여들었다. 이것으로 위협이 되진 않을 것이다. 말로만 듣던 신군이라는 존재에 대해서 확인할 필요가 있었다.

콰악!

한 발을 땅에 박자 움푹 파였다. 팔을 뒤로 젖힌 그가 힘껏 혼돈의 구슬을 겨냥하면서 팔의 힘을 뽑어내었다.

콰드드드드득!

힘은 거친 파공음을 내면서 혼돈의 구슬을 향해서 날아갔다. 자칸도 그가 확인하려 한다는 사실을 알기 때문인지 크게 동요를 보이지는 않았다.

신군 둘이 함께 앞으로 나섰다. 검을 하나씩 쥐고 있는 그들은 있는 힘껏 날아오는 힘을 향해서 검을 휘둘렀다.

후우우웅!

검이 휘둘러지는 것이 아닌, 거대한 철퇴가 휘둘러지는 소리가 났다.

민혁이 쏘아 보낸 힘과 부딪치는 순간, 밀어내기 위한 충돌이 일어났다.

콰아아아앙!

신군은 뒤로 물러났지만 힘이 허공에 흩날려 흙먼지만 날린 채 사라졌다. 민혁은 고개를 끄덕였다.

자신이 가볍게 날린 능력이라고 할지라도 어지간한 산은 날려버릴 힘이었다.

신군은 둘이 함께 협공함으로써 꽤나 여유 있게 막아냈다.

ㅡ이제 시작한다. 플랜1이다.

플랜 1은 간단했다. 혼돈의 구슬이 나왔을 시를 대비해서 많은 수를 생각해둔 바가 있었고, 지금으로써 가장 적당한 플랜은 1이었다.

플랜 1은 정면돌파다. 힘이 있을 때를 이용해서 가운데를 집중적으로 뚫어서 민혁이 혼돈의 구슬과 근접할 수 있게 하는 것이다.

['40분.']

자칸은 흘끗 혼돈의 구슬을 돌아보았다. 그가 추정하는 혼돈의 구슬이 폭발하는 시간은 40분 남짓이었다.

40분만 버티면 이 싸움은 자신들 쪽이 승리하게 된다.

파아아앗!

가장 먼저 몸을 날린 것은 민혁이었다. 독수리처럼 빠르게 비상하는 그의 뒤를 쫓아서 타이탄 네 구가 일제히 날아올랐다.

그 뒤를 다른 신들이 쫓았다.

민혁은 발을 힘껏 들어 올렸다. 위에서 아래로 내리 찍었다.

콰지지지직!

공간이 찢어 발겨지는 소리와 함께 강한 충격파가 신군들을 향해서 돌진했다.

그에 그치지 않고 민혁은 자신이 행한 공격을 뒤쫓아서 달려들고 있었다.

콰아아앙!

신군들이 그 힘을 막아서고 뒤따라 쫓아온 민혁이 앞을 막아선 신군의 복부를 주먹으로 강하게 꽂아넣었다.

[키헤헤에엑!]

우습게도 위엄을 갖춘 놈의 비명은 양의 울음소리와 흡사했다. 복부가 움푹 패인 놈은 그 상황 속에서도 무기를 휘두르려고 했다.

한 발 뒤로 빠진 민혁은 밑쪽으로 급하강했다.

자칸이 의아한 듯 미간을 찌푸렸고, 그 순간 뒤에서 쫓아온 타이탄 네 구가 신군들을 밀어 붙이기 시작했다.

콰아아앙!

끼리리이익!

쿠우웅!

끼리리이이익!

쿠웅!

콰아아앙!

신군들의 틈으로 파고든 타이탄들은 무시할 수 없는 괴력과 자신들의 무게, 탑승한 개인의 능력에 따라서 신군들을 몰아 붙이기 시작했다.

그뿐만이 아니었다. 뒤 따라온 신들이나 무구에 탑승한 이들도 가운데 쪽을 정면으로 밀어붙이고 있었다.

밑으로 하강한 민혁은 밑 쪽에서 위로 치솟아 올랐다.

그들은 허공에 떠 있는 상태였고 밑에서 공격한다면 불안정한 포지션이 될 수 밖에 없었다.

'이런 식이라면 어렵진 않다.'

민혁은 신군들을 때려눕히면서 생각에 잠겼다. 신군들은

분명히 막강하다. 하지만 자신의 무위로 충분히 뚫을 수 있을 것이고, 타이탄과 다른 신들도 함께라면 어렵진 않을 것이다.

자칸도 지금 그것을 알고 있을 것이다. 그런 것에 반면 그는 여유로웠다.

'아직 세 번째 문의 존재를 확인하지 못했다.'

총 문은 세 개가 열린다. 허나 그중 단 두 개의 문만 확인하였다.

자칸이 하나의 문을 오늘 열지 않으리라는 법은 없었다.

불룩

밑쪽으로 뚫고 올라가던 민혁은 신군 하나의 낌새가 이상하다는 것을 알아차렸다.

그는 급하게 뒤로 빠졌다. 곧 몸이 팽창한 신군 하나가 폭발해버렸다.

콰아아아앙!

후두두둑!

민혁은 밑쪽에서 빠져서 다시 타이탄이 길을 터주고 있는 곳으로 이동했다. 타이탄과 신들은 벌써 상당한 신군들을 바닥에 쓰러 눕혔다.

하지만 신들의 피해가 없는 것은 아니었다.

촤아아아악!

신군의 도끼질에 머리를 직격당한 신 하나가 빛이 되어서 그대로 사라졌다.

소멸되는 것이었다.

이렇듯 소멸 된 신들의 숫자도 적지 않았다.

푸슈유유육!

중태가 탑승한 타이탄이 빠른 속도로 신군들을 베어 넘기며 그들의 틈을 헤집어 놓고 있었다.

그와 함께 미혜의 타이탄은 적절하게 그들의 뒤 편에서 강한 방출계 능력으로 그들을 지켜내고 있었다.

콰지이익!

그 순간이었다. 거친 타격음이 퍼졌다. 민혁의 시선이 홱 돌아갔다.

스미스가 타고 있는 타이탄의 한쪽 손목이 완전히 아작 났다.

스미스를 공격한 신군은 그에 그치지 않고 그의 머리를 후려치려고 하고 있었다.

파지지지직!

미혜가 날린 방출계 능력이 놈의 움직임을 제한 시켰다. 그 틈을 놓치지 않고 스미스가 탑승한 타이탄이 있는 힘껏 머리로 놈을 들이 받아버렸다.

쿠우우웅!

퍼억!

"크윽, 젠장!"

이현인이 거친 신음을 토해냈다. 그도 방금 전 옆구리를 공격 당했다.

실질적으로 자신들이 입는 피해는 아니었지만 공격을 당할 때마다 타이탄의 움직임이 현저히 둔해지거나 혹은 오작동을 일으키고 있기도 하였다.

하지만 거의 근접하고 있었다. 혼돈의 구슬을 향해서.

그 순간이었다. 공간이 다시 꿀럭이기 시작했다.

민혁의 눈이 좁혀졌다.

예상했던 세 번째 문의 존재가 나오는 것이리라.

세 번째 존재는 분명히 호락한 존재가 아닐 것이었다. 긴장할 필요가 있었다.

터벅터벅

공간에서는 여유롭게 한 사내가 걸어 나왔다.

걸어 나온 이는 푸른색 피부를 가지고 있었는데, 민혁의 눈에 너무나도 익은 자였다.

그는 푸른 색 피부를 가졌다 할 뿐이었지, 민혁과 완전히 빼다박은 모습이었다. 마치 도플갱어를 보는 듯한 모습.

민혁은 실소를 흘렸다.

겨우 자신의 복제품을 만들어내었다? 세 번째 문이?

똑같은 힘과 스피드, 능력을 가졌다고 한들 공략할 수 있는 방법은 얼마든지 있었다.

이미 그와 흡사한 능력을 보이는 도플갱어에 관련한 공략법이 흔하게 알려진 사실처럼 말이다.

"흉내내기 따위로 뭘 할 수 있다고."

민혁은 자칸을 조소했다. 하지만 자칸은 자신의 턱을 어루만지면서 여유로운 표정이었다.

[과연 흉내내기일 뿐일까.]

자칸이 천천히 주위를 둘러보았다. 그는 이죽이면서 웃었다.

[나의 능력에 대해서 아는가?]

민혁의 미간이 찌푸려졌다. 그러고 보면 자칸의 능력에 대해서 알지 못했다. 그가 군주들 중에서 가장 뛰어난 책략가였다는 사실만 알고 있었을 뿐이다.

자칸의 손이 한 곳을 손가락질 했다. 그곳에는 레틴이 있었다.

[읍…!?]

레틴은 깜짝 놀라 낮은 신음성을 토해냈다. 자신의 발끝부터 시작해서 서서히 올라오면서 몸이 사라지고 있었다.

[소멸. 혼돈의 구슬은 모든 것을 유에서 무로 바꾼다. 난 작은 것이지만 유에서 무로 바꿀 수 있지.]

자칸의 얼굴로 비릿한 웃음이 맺어졌다. 사실이라면 큰 일이었다. 또한 레틴의 몸이 서서히 사라져 가고 있었다.

가장 오랜시간을 살았으며 신들을 지휘하는 핵심 인물인 레틴의 죽음은 민혁에게는 분명한 큰 타격이었다.

파앗!

푸른 머리카락을 가진 세 번째 문의 존재. 그가 민혁을 향해서 빠른 속도로 접근해 오기 시작했다.

만약 같은 힘을 가진 복제품에 불과하다는 수를 생각했을 때를 대비해서 민혁의 머릿속으로 수많은 공략법이 스치고 지나갔다.

하지만 곧 자신의 앞에 놈이 근접했을 때 민혁의 눈이 휘동그레 커졌다.

"씨발…."

그는 자신도 모르게 낮게 욕지거리를 뱉어내었다.

같은 힘을 가진 것이 아니다. 미미하지만 자신보다 더욱 강했다. 100과 101의 힘을 가진 이들의 싸움은 분명히 차이가 있다.

만약 100이라는 존재가 더욱더 싸움에 능통함을 보인다면 이야기는 달라지겠지만 100과 101의 노련함의 정도가 같다면?

당연하게도 밀리는 것은 민혁이었다.

콰지익!

턱을 정확하게 직격당한 민혁이 바닥에 처박혔다.

"더럽게 맵군."

실제 자신의 주먹에 직격 당해 본 적이 없는 그였기에 이토록 강하다는 것에 얕은 신음을 흘렸다. 그 순간, 푸른 빛 머리칼을 가진 놈은 신들의 틈으로 파고들었다.

콰아아악!

놈이 팔을 휘젓자 몇 신이 찢겨 나갔다. 더 놀라운 건 놈이 죽인 신들의 몸에서 푸른 기류가 뿜어져 나와 놈에게 흡수되고 있다는 것이었다.

'인피니트 건틀릿.'

101이 이제는 102가 되었다.

민혁의 머릿속이 복잡해졌다.

신군들의 틈을 뚫던 신들의 진영이 무너지고 있었다. 타이탄들도 버거워 보이기는 마찬가지였다.

지금 빠른 생각을 해내야 했다.

그 생각을 끝마친 순간이었다. 타이탄 한 구가 천천히 몸이 기울면서 바닥에 쓰러졌다.

"젠장!"

오중태가 타고 있던 타이탄이었다. 타이탄 안에는 오중태가 흔적도 없이 사라져 있었다. 완전한 소멸을 맞이한 것이었다.

기울던 타이탄이 바닥으로 추락하기 시작했다. 민혁은 입술을 질끈 깨물면서 다른 타이탄을 확인했다.

다른 타이탄은 여전히 견고했다.

'무차별적으로 사용은 불가능하다. 그리고 계속 힘을 흡수하는 저 푸른 머리.'

민혁의 머리는 빠르게 돌았다.

생각을 끝마친 민혁은 차갑게 머리를 식혔다.

어차피 많은 희생이 있을 거라고 예상했다. 친구의 죽음은 매우 슬픈 것이 사실이었다.

당장 눈물이라도 터뜨려 바닥에 주저 앉아 꺼이꺼이 울

고 싶었다.

하지만 지금 시국이 그럴 때는 아니었다.

지금 자신을 위해 싸워주는 모든 이들을 잃는 한이 있더라도 지금의 싸움에서 승리를 거머쥐어야 했다.

-플랜3.

민혁이 머릿속으로 힘껏 외쳤다. 신들의 눈이 일그러졌다. 하지만 그들은 바삐 민혁의 지시대로 따랐다.

자신들도 더 다른 대책을 들고 오지 않은 것은 아니었다.

"중태야."

미혜는 중태가 탑승했던 타이탄을 바라보면서 아주 작게 웃음 짓고 있었다.

"고마워."

항상 그는 자신들을 잘 이끌어주던 리더였으며 오혁수의 아들이라는 이름이 전혀 부끄럽지 않은 아이였다.

그 말을 끝으로 미혜가 조종하는 타이탄이 밑쪽으로 급하강하기 시작했다.

자칸은 이상한 낌새를 눈치채고 타이탄 내부를 노려봤다. 하지만 조종사는 어디에도 없었다.

조종기를 통해서 움직인다는 사실을 알아챈 그는 조종하는 이를 찾아 눈을 굴렸다.

아름다운 흑발의 여인이 눈에 들어왔다. 신들 중에서도 저렇듯 아름다운 이가 있긴 할까 싶을 정도로 미모의 여성이었다.

[제길.]

자칸이 낮은 신음을 흘렸다. 아직 자신의 능력의 딜이 끝나지 않았다.

밑으로 하강한 타이탄은 서둘러서 중태가 탑승했던 타이탄의 한 손을 잡고는 다시 높이 비상해 올랐다.

그와 함께 신들이 뒤로 빠졌고, 로봇형 무구들은 빠르게 신군들과 근접하기 시작하였다.

스미스와 이현인이 탑승한 타이탄도 발 빠르게 신군들과 거리를 좁혔다.

-타이밍이 중요하다.

민혁의 전음은 계속 날아갔다. 푸른 빛 머리카락을 가진 사내는 타이탄을 제지하기 위해 공격했다.

그의 공격에 하체가 절단 되었지만 그는 멈추지 않고 신군들을 향해 달려들었다.

-지금…!

민혁의 외침과 함께였다. 일론이 품에서 붉은색 버튼이 있는 조종기를 꺼내어 들었다.

자칸의 눈이 씰룩였다.

일론이 붉은 색 버튼을 누르는 순간이었다.

퐈아아아악!

퐈아아아악!

퐈아아아악!

신군들 주위로 거대한 철갑들이 뽑혀 나오면서 원의

형태로 단단하게 감싸기 시작하였다. 마치 충격을 막으려는 것처럼.

그와 함께 미혜도 조이스틱의 빨간 색 버튼 하나를 꾹 눌렀다.

-눌렀어.

그 말과 함께였다. 스미스와 이현인, 다른 신들이 탑승한 무구들의 투명 강화 유리 벽이 철컥이는 소리와 함께 열렸다.

그리고 탑승자들을 있는 힘껏 밀어냈다.

푸슈유유육!

둥글게 신군들을 감싼 감각이 아주 잠깐의 순간 열렸다. 그 틈을 타고 스미스와 이현인, 몇 신들이 빠르게 빠져나갔다.

공간은 빠르게 닫혔다.

촤르르르륵!

[아, 안 돼에!]

빠져나가지 못한 무구에 탑승한 신들은 비명을 질렀다.

그와 함께 오중태와 미혜, 현인, 스미스가 타고 있던 타이탄이 눈에서 붉은 섬광을 번뜩였다.

삐삐삐삐삐삐

[이런….]

자칸의 얼굴이 딱딱하게 굳어졌다. 타이탄에 폭발기능을 탑재한 것 같았다. 하지만 이 역시 모두가 목숨을 걸고 한 도박행위였다.

이 폭발력이 어느정도 될지 상상도 할 수 없었기에 자칸은 다급함을 느꼈다.

[구슬⋯!]

구슬은 쉬이 깰 수 없는 놈이 사실이다. 절대신인 민혁의 무위로만 깰 수 있을지도 모른다. 그렇지만 충격을 완전히 받지 않는 것은 아니었다.

그의 지시에 따라서 신군들이 구슬을 둘러싸았다. 푸른 빛 머리카락을 가진 사내도 구슬의 앞을 막아섰다.

자칸은 구슬의 앞에 몸을 웅크리고 숨을 죽였다.

삐 삐삐삐⋯

콰아아아아앙!

콰아아아아앙!

콰아아아아앙!

타이탄 네 구와 로봇형 무구들이 요란한 소리를 내면서 폭발했다. 그 폭발은 핵폭탄 몇 개를 합친 것만큼 거대했다.

우지지직!

일론이 심혈을 기울여 제작한 갑각이 부서지려고 하였다. 그 주위를 신들이 달라붙어서 힘을 불어넣으면서 막기 위해 안간힘 썼다.

민혁도 갑각에 손을 붙이고 자신의 카르마를 힘껏 불어넣었다. 이 폭발을 견디지 못하고 자신들도 휩쓸리면 자신들도 죽게 될 것이었다.

쿠르르르르르!

폭발은 삐져나오기 위해 거친 용트름을 해대었다. 하지만 신들도, 민혁도 혼신의 힘을 다해서 막아내기 위해 안간힘을 쓰고 있었다.

쿠쿠쿠쿠쿠…

5분 여 정도가 지났을까. 놈의 힘이 차츰 약해지기 시작하고 있었다.

어느정도 진정이 되었을 때 뜨겁게 달궈진 철갑이 후두둑 스스로 바닥으로 떨어져 내렸다.

촤아아아!

자욱한 연기가 뿜어져 나왔다. 그럼에도 민혁은 지체할 틈이 없었다. 연기의 안으로 뛰어 들었다.

시야가 확보되지 않았다. 하지만 앞을 막는 이가 없다는 것은 신군들이 모조리 죽어 나갔다는 것이 되는 것일 지도 모른다.

안쪽으로 파고들던 민혁은 팔에 온 힘을 실어서 휘둘렀다.

후우우우웅!

일순간이나마 주위를 가득 메우던 연기가 뒤쪽으로 걷어졌다.

민혁의 미간이 찌푸려졌다.

푸른 빛 머리카락을 가진 사내는 죽지 않았다. 그 뒤에 선 자칸과 혼돈의 구슬도 무사했다.

허나, 죽지 않았을 뿐이지. 푸른 빛 머리카락을 가진 사내의 몸은 만신창이였다.

팔 한쪽이 완전히 사라져 있었고, 다리 쪽도 성치 않아 보였다.

그렇지만 문제는 팔이 재생되고 있다는 것이었다.

파아앗!

민혁이 서둘러서 달려들었다. 뒤쪽에 있던 신들도 상황을 인지하고 빠르게 달려들었다.

퍼억!

하지만 팔 하나뿐인 사내의 주먹에 맞고 민혁이 뒤로 물러났다.

'신군들의 힘을 흡수했군.'

그들이 죽을 때 그 힘을 빠르게 흡수해 버린 것이다. 현재로썬 자신보다 더 강해진 상황.

속전속결로 해결해야 했다.

민혁이 푸른 빛 머리카락의 사내를 향해서 달려들었다.

[이제 곧….]

연기 속에서 눈을 뜬 자칸의 고개가 돌아갔다. 혼돈의 구슬의 크기가 자신보다도 더욱더 커져 있었다.

아기의 모습으로 웅크리고 있던 구슬은 어느덧 한 명의 건장한 성인의 모습을 보이고 있었다.

파아앗!

푸른 빛 머리카락을 가진 사내가 강하다고는 하지만

지금 성한 것은 아니었다. 또한 신들이 함께 달려들고, 민혁이 집중 공격을 퍼붓자 놈의 스텝이 엉키는 것이 들어왔다.

그 순간 민혁의 허리춤에 걸려 있던 검집에서 일곱 자루의 검이 환상적으로 뽑혀 나왔다.

"이건 못 막겠지."

자신이라고 해도 막지 못한다.

촤르르르르륵!

일곱 자루의 검이 일직선을 그리면서 사내를 향해서 달려 들었다. 피할 수는 있어도 막을 수는 없는 공격이었다.

놈이 느려진 틈을 타 행한 것이었고 민혁의 계산은 정확했다.

푸지익!

정확하게 일곱 자루의 검이 놈의 몸 곳곳을 꿰뚫고 지나갔다.

콰아아앗!

놈의 몸이 폭발하면서 잔해가 후두둑 허공에 흩날렸다. 민혁은 멈추지 않고 자칸에게 접근했다.

[워, 진정하라고.]

그가 손을 한 곳에 뻗고 있었다. 그곳에는 김미혜가 있었다.

[사랑하는 여인의 죽음을 보고 싶지…]

민혁은 머릿속으로 수많은 생각이 스치고 지나갔다. 자칸의 힘이 발휘되는 순간 미혜는 흔적도 없이 사라질 것이다.

그리고 그 안에 잠자고 있는 자신의 아이도.

'아빠, 아빠.'

민혁의 머릿속으로 아이가 컸을 때의 상상이 스치고 지나갔다.

초등학교에 들어가고, 중학생이 되고 성인이 되며 언젠간 결혼을 할 것이다.

그런 아이가 사라진다. 그리고 자신의 아내인 미혜가 사라진다.

하지만 민혁은 멈추지 않았다.

[너…!]

자칸이 깜짝 놀랐다. 어차피 무가 되면 모든 것이 끝난다.

그녀 때문에 멈출 순 없다. 그렇게 한다면 죽은 이들에게 보일 수 있는 낯짝이 없을 것이다.

푸지이익!

자칸의 몸이 댕강 썰려 나갔다.

놈의 몸이 재가 되어서 사라졌다. 찰나 민혁의 시선이 뒤로 돌아갔다.

미혜가 발끝부터 서서히 사라지고 있었다. 죽기 전, 자칸이 자신의 능력을 발휘한 것이다.

"미혜야."

그는 들리지 않을 아주 작은 목소리를 뱉었다. 미안해서였다. 너무 미안해서.

하지만 미혜는 그 목소리를 듣기라도 한 듯이 생긋 웃었다.

"괜찮아."

수많은 이들이 죽었다. 자신을 도우려던 신들도 죽었고 무수히 많은 사람들이 아무런 이유 없이 희생되었다.

미혜. 자신만의 죽음이 특별하다고 말할 순 없는 것이었다.

"후회하지 않지?"

그녀의 몸이 완전히 사라지고 있었다. 이윽고 횡량한 바람이 불었다.

그 바람과 함께 그녀의 몸이 완전히 허공에 흩어져 사라졌다.

"후회…해…."

후회한다. 자신의 선택은 옳았지만 그녀를 이렇게 잃은 것에 분명히 후회했다. 이젠 벤치에 앉아 그녀의 무릎 위에 머리를 기대고 그녀의 얼굴을 빤히 바라볼 수도 없을 것이다.

화장을 지우고 잠이 든 그녀가 아침에 일어나 쳐다보고 있으면 민망하게 웃으며 '보지 마' 하면서 이불 밑으로 깡총 숨던 그 모습도 이젠 보지 못할 것이다.

자신을 등 뒤에서 한없이 꽉 끌어안고 누구보다도 더 사랑해라고 말해주었던 그 목소리도 이젠 들을 수 없을 것이다.

하지만.

민혁의 이빨이 빠드득 갈렸다. 자신은 아니었지만, 미혜는 아니었지만. 살게 될 모든 이들이 다음 날 아침에 자신이 사랑하는 이들과 인사하며 식사를 하고, 평화롭게 살아갈 것이다.

작은 것을 희생하고 큰 것을 살린다. 후회하지만 지금 주저앉을 수는 없었다.

"이 빌어먹을 것."

민혁의 이빨이 파드득 갈렸다.

촤르르르릇!

허리춤의 검집에서 일곱 자루의 검이 허공으로 높이 솟아올랐다. 솟아오른 일곱 자루의 검이 어느덧 커질 대로 커진 혼돈의 구슬을 겨냥하고 있었다.

"사라져라."

퐈아아아악!

민혁의 차크라 주머니의 모든 카르마가 일곱 자루의 무형검에 집중되었다. 한 자루, 한 자루의 색깔이 서로 달랐다.

붉기도, 푸르기도, 노랗기도 다양한 가지각색의 색깔이었다.

채채채채채채챙!

일곱 자루의 무형검이 혼돈의 구슬을 가격했다. 구슬은 무형검을 너무나 손쉽게 튕겨냈다.

미간을 찌푸린 민혁은 멈추지 않았다.

자신의 검이 혼돈의 구슬을 부수지 못할 거라고 전혀 생각되지 않았다. 반복하다 보면 결국 놈은 부서지고 말 것이었다.

파파파파파팟!

세 번을 넘게 무형검이 혼돈의 구슬을 스치고 지나갔다.

또 한 번 민혁은 팔을 뒤로 젖혔다. 그의 지시에 따라서 일곱 자루의 무형검이 다시 날아갈 준비를 했다.

그 순간, 구슬 안의 이젠 완전한 성인 남자의 형체를 갖춘 정체 모를 이가 눈을 번뜩 떴다.

[하지 마.]

그 목소리는 공간 전체를 울렸다. 민혁의 속이 순간 울렁거릴 정도였다. 살아있는 신들도 깜짝 놀랄 정도로 음침하고 무서운 목소리였으며, 스미스와 이현인은 자신들의 귀를 부여잡았다.

스미스와 이현인의 귀에서 피가 흘러나왔다.

"끄으으윽…."

"으으윽!"

두 사람은 자신의 귀를 부여잡고 바닥을 구르고 있었다.

"빌어먹을 새끼."

하지만 민혁은 멈추지 않았다. 나체의 몸으로 구슬 안에서 팔과 다리를 편 채 자신을 노려보고 있는 사내를 보면서 민혁은 입을 비틀려 올렸다.

퐈아아아앗!

또 다시 온 힘을 다해서 무형검을 놈에게 날렸다. 빠른 속도로 솟구쳐 나간 무형검. 그 순간이었다.

카아앙!

혼돈의 구슬 앞으로 생겨난 투명한 막이 무형검을 튕겨 내었다. 사내는 죽일 듯한 시선으로 민혁을 노려보고 있었다.

[왜 그러는 거야!]

그 목소리는 무척 화가 나 있었다. 목소리는 어른처럼 묵직했지만 말하는 투는 마치 어린아이 같았다.

화가 실린 놈의 목소리는 무척이나 매섭게 민혁의 귀를 파고 들었다.

"끄흐윽…."

민혁은 비틀거렸다. 뒤쪽에서는 신들이 이미 바닥에 널브러져서 눈과 코, 귀에서 피를 흘리고 있었다.

스미스와 이현인은 죽은 것처럼 몸이 조금씩 꿈틀거리기만 할 뿐이었다.

[세상은 불공평해! 새롭게 시작하는 것이 나아! 왜 날 방해하는 거야!]

"불공평하니까, 세상이지."

민혁은 비틀거리는 몸을 지탱시키면서 피식 웃었다. 다시 한 번 일곱 자루의 무형검을 쏘아 보냈다.

태태태탱!

이번에도 알 수 없는 투명한 막에 막혀서 무형검이 뒤로 튕겨져 나갔다.

[불공평하니까 세상이라고!? 흥! 웃기는 소리 하지 마! 나는 새로운 세상을 만들 거야. 이 세상을 무로 만들 거야. 욕심 밖에 없는 모든 생명체에게 벌을 줄 거야!]

"개 잡소리로 밖에 안 들리는군."

민혁의 눈이 가늘어졌다.

"그렇게 네 멋대로 정한다면 그거야말로 불공평한 세상 아닌가?"

혼돈의 구슬 속 사내의 미간이 찌푸려졌다.

"불공평한 세상. 네가 모든 것을 무로 돌릴 힘을 가졌다고 모두 무로 돌린다면 그거야말로 힘과시 아니냐 이 말이다."

[아니, 그거와 달라 생명체들은 서로 빼앗기 위해 죽이잖아.]

사내는 부정했다. 혼돈의 구슬이 크게 진동했다. 폭발이 다가오고 있는 징조라는 것을 민혁은 알 수 있었다.

"너는 빼앗지 않는 거라고 어떻게 자부하지?"

또 다시 무형검이 혼돈의 구슬을 향해서 쏘아졌다. 이번에는 무형검 한 자루가 투명한 막을 뚫고 지나쳐 구슬을 가격했다.

탱!

민혁은 무형검이 막을 뚫은 것이 확실한 건 아니라고 생각했다. 놈의 정신에 혼란이 와서 잠깐 집중하지 못한 것이다.

그렇다는 건 말로 충분히 놈을 설득할 수 있다는 것일 지도 모른다.

놈의 말투는 정말 어린 아이 같았다. 마치 여섯 살, 일곱 살 아이 같다.

그러한 아이들은 대게 설득 있는 훈계에 갈팡질팡하고 잘 따라오는 편이 많았다.

"오늘 내일을 살아가는 생명체들을 힘으로 모든 것을 빼앗는 거잖아? 이기적인 네가 원하는 세상을 위해서."

혼돈의 구슬 속의 사내. 혼돈이 대답하지 않았다.

"너는 이제껏 세상에 나와서 생명체가 서로 빼앗으려는 추악한 행위만 보아왔는가? 아니면."

민혁의 목소리에 힘이 실렸다.

"때론 기쁘기도 한 것을 네가 보았는가. 보면서 기뻐한 적이 단 한 번도 없던가?"

혼돈은 그 말에 입을 다물었다. 자신은 기뻤다. 인간이 새로운 것을 만들어내고 환호하며 스스로들의 힘으로 한 걸음씩 전진할 때마다.

그리고 다른 생명체들도 마찬가지였다. 그들을 보면서 원망하고, 미워하기도 했지만 분명히 기뻐했던 적도 많았다.

"세상은 공평하지 않다. 그러니까 웃을 수 있는 세상 아니던가?"

민혁은 심드렁하게 웃었다. 다시 허공으로는 무형검이

떠올라 있었다. 이번에는 더욱더 힘을 주었다.

좌르르르르르!

태태태태탱!

거칠게 투명한 막을 지나치고 무형검이 혼돈의 구슬을
가격했다.

쩌저적

민혁의 얼굴에 이채가 생겼다. 분명히 들었다. 혼돈의 구
슬에 금이 가는 소리가. 그의 시선이 구슬로 향했다.

아주 작지만 거미줄 같은 균열이 생겨나 있었다. 희망은
있었다.

우르르르르르!

혼돈의 구슬이 크게 진동하였다. 그 부피가 빠른 속도로
커지기 시작했다. 민혁의 미간이 꿈틀거렸다.

"멈춰."

민혁은 구슬 안의 사내에게 한 말이었다. 혼돈의 구슬의
핵심은 안에 있는 사내였다.

"멈추라고!"

다시금 떠오른 일곱 자루의 무형검이 혼돈의 구슬을 향
해서 날아갔다. 투명한 막이 생겨났다. 민혁은 무형검이 투
명한 막을 뚫고 지나갈 것이라고 생각했다.

하지만 아니었다. 막은 완전하게 일곱 자루의 무형검을
막아냈다.

[나는 어떻게 하는게 옳은걸까…]

고개 숙이고 있던 사내가 민혁을 바라보면서 질문했다.

[무엇이 맞을까.]

그는 민혁에게 질문하고 있었다.

"흘러 가는 대로 두는 것. 세상을 네 뜻대로 좌지우지 하지 않는 것이다. 모두가 평등한 세상이 된다면 네가 그 모습을 바라보며 웃을 날이 있기는 할까?"

그 질문에 사내는 대답하지 않았다.

부르르르르!

민혁의 눈에 분명히 들어왔다. 부풀었던 혼돈의 구슬의 크기가 아주 조금씩이지만 다시 작아지고 있었다.

부풀려질 때보다는 현저하게 느린 속도였다. 그렇지만 작아지고 있다는 것에 민혁은 기회를 잡았다고 생각했다.

민혁은 터벅터벅 혼돈의 구슬의 앞으로 걸어갔다.

혼돈은 그가 다가오는 것을 알고 있음에도 여전히 상념에 빠진 채 먼 허공을 바라보고 있었다.

어느덧 민혁은 혼돈의 구슬의 앞에 설 수 있었다.

안의 사내의 얼굴의 표정을 더욱 가까이에서 볼 수 있게 되었다. 그는 마치 어린아이가 깊은 생각에 잠긴 듯한 표정이다.

아무것도 눈과 귀에 들어오지 않는다는 듯한 표정. 한참 동안이나 그는 말없이 생각에 잠겨 있었고 구슬의 크기는 점차 작아지고만 있었다.

민혁은 조심스럽게 손을 뻗었다. 막 태어난 갓난 아이를 만지듯이 뻗었다. 그의 손끝이 구슬에 닿았다.

그는 손바닥을 바르게 펴서 부드럽게 쓰다듬었다.

"잠깐의 실수는 할 수 있는 것이다. 널 미워할 이들도 있을 지도 몰라, 그렇지만 지금 끝낸다면. 지금이라도 그만한다면 네 잘못을 돌이킬 수 있어."

[내가… 잘못한 거야?]

"한 시간 전에 나는 친구들과 함께 긴장한 상태였지만 웃으면서 이야기를 나눴다."

혼돈의 질문에 민혁은 뒤를 돌아봤다. 사라져 있는 오중태와 김미혜. 쓰러져 있는 이현인과 스미스.

"그리고 내가 사랑했던 여인이 죽고, 배 속의 아이도 죽었다. 나는 미래를 꿈꾸었다. 너도 보았을 것이다."

민혁은 씁쓸하게 웃었다.

"아이가 태어났을 때 기뻐하던 사람들, 울고 있는데 그 울음이 너무 행복한 거지. 본 적이 없나?"

[…있어.]

"너는 나에게서 그것을 빼앗아갔다. 하지만 지금 멈춰만 준다면…."

용서하지는 않을 것이다. 그렇지만 혼돈이 더 이상의 헛된 선택은 하지 않는다는 것이 쟁점이었다.

"여기에서 너에 대한 원망은 끝날 것이다."

[…그래.]

혼돈의 고개가 천천히 들어졌다. 그는 민혁과 시선을 맞췄다.

그는 자신을 보면서 씁쓸해 보이지만 작게 미소를 띠고 있었다.

[흘러가는대로….]

그는 그 말을 곱씹었다. 멍하니 하늘을 올려다보았다. 해가 없는 공간이었고, 구름도 한 점 없는 곳이었다.

[그런데 있잖아.]

그는 다시 고개를 밑으로 내려서 민혁을 바라보며 질문했다.

[나는 어째서 이 세상에 나왔을까.]

그 질문에 민혁은 한참동안이나 생각해야 했다. 섣부른 대답을 해줄 수 없었다. 그때에 대답이 들려온 것은 민혁이 서 있는 곳의 맞은 편 쪽이었다.

[네 이름은 혼돈. 불필요하고 욕망 가득한 세상을 심판하기 위해 너는 태어났다.]

민혁은 그 목소리를 듣는 순간 자신도 모르게 한 걸음 뒤로 물러섰다. 위압감이 민혁을 조여 매지는 않았다.

하지만 그 목소리 자체만으로도 절로 그는 뒤로 한 걸음 물러난 것이다.

구슬의 맞은 편에 서서 보이지 않던 사내가 서서히 민혁 쪽으로 걸어왔다. 그와 마주 선 민혁은 마른 침을 꿀떡 삼켰다.

그의 얼굴은 확인할 수 없었다. 마치 민혁 본인이 안면인식 장애가 있기라도 한 것처럼.

[코스모스… 나는 네가 미워….]

코스모스. 그 이름 네 글자에 민혁은 긴장을 늦추지 않았다.

이 모든 일의 원흉. 카오스와 견주는 두 신 중의 하나. 지금의 세상이 무가 되고 새로운 세상을 창조하려는 자.

그리고 민혁이 대적할 수 있을지 의심이 되는 자이기도 했다.

[혼란스러워 하지 마라. 혼돈. 네가 태어난 이유는 내가 말했듯이다.]

7. 나의 소중한

RAID

신의 탄생

레이드

NEO MODERN FANTASY STORY

[네가 태어난 이유는 하나다. 욕망에 가득 차고 서로 빼앗으려는 자들을 심판하기 위함. 그것이 네가 태어난 이유다.]

"개소리를 잘도 지껄이는군."

민혁은 그에게 맞설 용기는 없었지만 억지로 웃으면서 그의 말을 받아쳤다.

"그렇게 자신 있으면 스스로 하지, 어째서 이유 없는 자를 데리고 그런 걸 좌지우지하라고 명령하지?"

[개소리….]

코스모스의 목소리가 화가 낀 듯 낮아졌다. 공간이 진동했다. 거대한 호랑이 한 마리가 먹이를 앞에 놓고 있는 것 같았고 그 먹이가 마치 민혁 자신이 된 것만 같았다.

자신도 모르게 마른침이 꿀떡 넘어갔다.

[혼돈은 내가 만들었고 그 이유는 변함이 없다. 폭발하라. 혼돈.]

그는 구슬 위로 손을 얹었다. 다시 작아지던 구슬이 조금씩 커지기 시작했다. 민혁이 한 걸음 나서며 코스모스를 공격하려 했다.

대항할 수 없음을 알지만 막아야 한다면 공격해야 한다.

[개소리 맞잖아?]

민혁은 등 뒤에서 들려온 목소리에 멈췄다. 고개를 돌린 그는 카오스가 공간을 비집고 걸어 나오는 것을 볼 수 있었다.

[코스모스. 우리의 약속을 어디까지 어기는 것이냐. 이 정도라면 내 승리일 텐데.]

카오스는 눈을 가늘게 뜨면서 코스모스를 비웃듯이 했다.

[아직 끝나진 않았다. 카오스. 혼돈의 구슬은 지금이라도 폭발할 수 있으니까.]

[흐음.]

카오스는 자신의 턱을 어루만졌다.

[그렇다면 혼돈이 선택하는 것으로 하지.]

카오스는 당당한 목소리로 말했다, 코스모스의 미간이 찌푸려졌다.

[넌 어떻게 하고 싶지?]

카오스가 혼돈에게 질문했다.

코스모스와 눈이 마주친 혼돈은 어쩔 줄을 몰라했다. 마치 부모의 말을 어기긴 싫고, 그렇다고 자신이 모든 것을 끝내고 싶진 않아 하는 것 같았다.

[난⋯.]

[널 만든 건 나라는 걸 기억해라. 혼돈.]

[그런 식의 압박은 그쯤 해둬라, 코스모스. 세상이고 나발이고 네 목을 비트는 수가 있으니.]

이번의 카오스의 목소리는 진심이었다. 그가 개입하는 순간 세상의 무너짐을 떠나서 그를 죽이려고 했다.

하지만 작은 희망이 있었다. 그것은 혼돈이 스스로 폭발하려 하지 않은 것.

모두의 시선이 혼돈에게 향해 있었다. 그는 고개를 숙인 채 어떻게 해야 할 지 몰라 갈팡질팡하고 있었다.

혼돈은 밑을 내려다봤다. 신들도, 인간들도 귀와 코, 눈에서 피를 흘린 채 서늘한 시신이 되어 죽어 있었다. 그는 공간을 넘어서도 내다보았다.

자신에게 차크라를 빨린 모든 이들이 쥐죽은 듯이 죽어 있었다. 그들의 숫자를 가늠할 수 없을 정도로 많았다.

그들 중 어제만 해도 누군가는 여유롭게 웃고 있었을 것이고, 누군가는 행복한 내일을 기대하고 있었을 지도 모른다.

자신이 태어난 이유. 코스모스는 욕망 가득한 이 세상을 없애기 위해서라고 했다.

하지만 자신은 싫었다.

[코스모스….]

그는 아주 작은 목소리로 코스모스를 불렀다. 코스모스의 고개가 틀어졌다.

[모두 되돌려 놓을 수는 없을까?]

그 질문에 코스모스는 아무런 대답을 하지 못했다. 그는 이해하지 못했다. 혼돈도 보아왔을 것이다.

서로 가지기 위해서 죽이는 더러운 생명체들을, 욕심에만 가득 찬 자들을.

보아왔음에도 불구하고 그가 이러한 선택을 하려는 것을 이해할 수 없었다.

[어째서 그런 선택을 하는 거지. 나는 너를 창조했고 너는….]

[네가 창조했다고 네가 시키는대로만 하면 그게 말이 안 되지, 부모가 자식을 낳았다고 부모 말만 잘 듣는 자식이 세상에 어딨겠어.]

카오스는 모든 일이 해결되고 있다는 것에 안도감을 느끼면서 양 팔짱을 낀 채 혼돈을 보면서 부드럽게 웃고 있었다.

카오스의 승리가 분명해 보였다. 반면, 코스모스는 매우 다급해 보였다.

[다시 생각해라, 혼돈. 네가 태어난 이유를 잊지 마라. 오랜시간 동안 보아왔던 추악한 그 행위들을 잊지 마라.]

[아니, 나는 분명히 그런 추악한 행동들을 보았지만 항상 슬프기만 했던 건 아니야.]

혼돈은 완전히 부정했다. 그는 씁쓸하게 웃고 있었다. 혼돈의 구슬에 쩌적 금이 가는 소리가 들렸다.

금이 조금씩 나기 시작한 구슬은 어느덧 전체로 퍼져나갔다. 곧 와장창 깨지면서 잔해가 바닥으로 떨어져 내렸다.

구슬 안에 가득 차 있었던 어두운 기운은 흩어지지 않고 혼돈의 주위에서 맴돌았다.

[코스모스. 가르쳐줘. 모든 것을 돌려 놓을 수 있는 방법을. 나 때문에 희생된 사람들이 다시 살 수 있게 도와줘. 부탁이야. 네 말대로 나는 네가 만들었어. 하지만 나는 네가 하려는 일을 원치 않아.]

코스모스는 대답하지 않았다. 한참동안이나 그저 혼돈을 바라보고만 있었다.

시간이 계속해서 흘렀다. 횡량한 바람이 불었다. 코스모스의 머리카락이 바람에 흩날렸다.

[…모든 것을 되돌리면 너는 사라진다. 폭발했을 때와 마찬가지로.]

[그게 내가 받아야 할 벌이라면 받겠어. 코스모스.]

코스모스의 말에 혼돈은 빙긋이 웃었다. 그와 함께 민혁을 바라봤다.

[네가 소중히 생각했던 모든 것을 되 돌려 줄 꺼야.]

민혁은 대답하지 않았다. 그저 옳은 선택을 한 그에게 작은 미소로 화답하였다.

혼돈의 시선이 다시 코스모스에게 돌아갔다.

[어서 모든 것을 되돌려줘, 코스모스.]

코스모스는 작은 한숨을 뱉어냈다. 자신이 틀렸었다. 세상을 무에서 유로 만든다. 자신이 만들어낸 창조물인 혼돈조차도 부정할 정도의 일이었다.

어쩌면 자신이 바라던 세상 때문에 부린 자신의 억지였을 지도 몰랐다.

[카오스. 네가 이겼다.]

코스모스는 체념한 목소리로 말했다.

그 순간 혼돈의 몸에서 빛이 뿜어져 나오기 시작했다. 혼돈은 자신의 손을 내려다봤다.

자신은 사라진다. 영원히. 카오스와 코스모스. 그 둘과 오랜시간을 공존하였지만 이제는 사라질 것이다.

하지만 두렵거나 미련이 있지는 않았다. 오히려 기뻤다. 너무 오랜 시간을 생명체들을 지켜봐 오기만 하였다.

[코스모스.]

[···그래.]

아이가 아버지를 부르듯 부드러운 목소리였다. 코스모스는 작게 고개를 끄덕였다.

[내가 다시 태어난다면 인간으로 태어나게 해줘.]

빛에 휩싸인 혼돈은 여전히 웃음을 지우지 않고 있었다.

코스모스는 고개를 끄덕였다.

[그렇게 해주마.]

혼돈이 서서히 빛과 함께 사라지고 있었다. 코스모스가 카오스를 돌아봤다.

[모든 건 내 패배야. 카오스. 앞으로 우리가 함께 더 지켜 볼 수 있을까.]

그 질문에 카오스는 고개를 끄덕였다.

[어떤 이유에서든 너와 나는 같이 간다는 것에서 변함이 없지.]

[그래.]

코스모스의 목소리에 작은 웃음끼가 끼었다. 민혁은 정 신이 흐릿해지는 것을 느꼈다.

눈앞의 시야가 흐려지고 있었다. 코스모스의 시선이 자 신에게 향하는 것이 보였다.

[절대신….]

그는 그를 낮은 목소리로 불렀다.

[너의 승리다.]

얼굴이 일그러져 보이던 코스모스의 얼굴이 순간적으로 완전히 드러났다. 부드러운 인상을 가진 미남자였다.

그의 웃음 짓는 얼굴과 함께 민혁은 완전히 정신을 놓았 다.

문틈으로 미세하게 들어오는 차가운 새벽 공기에 민혁은 몸이 으슬으슬 떨리는 것을 느꼈다.

그는 자신이 이불을 덮지 않고 있다는 사실을 잠결에 알아채고는 발 쪽에 있는 이불을 최대한 끄집어 올렸다.

"으음…."

옆에서 누군가 뒤척이는 소리가 났다. 민혁은 무의식적으로 그녀를 품속에 끌어안았다.

김미혜였다.

"응…?"

그녀를 끌어안았던 민혁은 머릿속을 스치는 기억에 벌떡 상체를 일으켜 그녀를 내려다봤다.

"미혜야."

"…응?"

그녀의 눈이 살포시 떠졌다. 부스스한 눈으로 민혁을 바라보던 그녀는 의아한 표정이었다.

"내가 어째서…."

그녀도 분명히 기억하고 있었다. 혼돈의 구슬, 자칸, 그리고 신군들.

그리고 자칸에 의해서 소멸되었던 자신.

"돌아왔구나."

민혁은 그녀를 꽉 끌어안았다. 알 수 없는 말에 미혜는 의아했지만 그와 다시 만났다는 것에 무척이나 기뻤다.

"혼돈이 바른 선택을 했어. 모든 것을 무로 돌리는 것을 원치 않았던 거지. 그리고 모든 것을 되돌려 준 거야."

"아…."

그녀가 입을 작게 벌리고 탄식을 흘렸다. 아차한 민혁이 조심스레 미혜의 배로 손을 뻗었다.

배에 손을 올린 그는 아주 작은 심장박동의 소리를 들었다.

자신의 아이도 죽지 않고 살아 있었다.

그녀를 잠시 끌어안고 있던 민혁은 휴대폰을 집어 들었다. 그는 지체하지 않고 가장 먼저 생각난 이에게 전화를 넣었다.

-으으음… 여보세요.

졸린 듯한 목소리. 다름 아닌 오중태였다. 졸린 듯한 목소리를 뱉었던 그는 이내 '헉!' 하는 소리를 뱉었다.

-뭐야, 왜 내가 멀쩡하지?

"역시…."

민혁은 가슴을 쓸어내렸다. 중태와 통화를 끊은 민혁은 현인에게도, 스미스에게도 전화를 걸었다.

그렇게 한 열 명 쯤 되는 사람에게 전화를 넣고 확신할 수 있었다. 모두가 되돌아왔다.

그 격렬한 싸움이 있기 전으로. 절대적인 마신과 함께 있었던 때 벌어졌던 일과는 조금 달랐다.

그때는 현실 같은 환상이었고 지금은 현실에서 모든 것이 되돌려진 것이다. 그리고 그 일을 겪은 이들은 모두 기억하고 있었으며, 공간으로 인해 매스컴을 탔던 모든 것들도 세계인들이 알고 있었다.

하지만 세상은 참으로 편리하게 돌아간다.

다양한 학자들은 세계에서 모든 이들이 이번에 겪은 일을 모두 '꿈'으로 추정하고 있었고 그것을 확산해서 방송하고 있었다.

민혁은 차라리 잘되었다고 생각했다.

굳이 어떠한 일이 실제로 벌어졌는지 모두가 알 필요는 없었으니까. 그런 일이 있었다는 걸 실제로 알 자들은 오중태나, 이현인, 스미스와 같은 신군들과 함께 싸웠던 자들이면 충분할 것이었다.

"다행이다."

민혁은 먼 허공을 올려다봤다.

혼돈의 얼굴이 눈앞에서 아른거리는 것 같았다. 아무것도 알지 못하는 것만 같았던 아이의 올바른 선택이 모두를 구해냈다.

❖ ❖ ❖

"그래? 정말 꿈이었다고? 혼돈의 구슬은 스스로 이건 아니다 싶어서 사라졌는데, 그 여파로 세계인들이 모두 똑같은 꿈을 꾼 거고?"

오재원의 말에 민혁은 고개를 끄덕거렸다.

민혁은 오재원에게도 그 사실을 숨겼다. 굳이 말할 필요
는 없었다. 꿈속에서의 오재원은 보았다. 공간에서 나오는
존재들, 그리고 막았음에도 불구하고 구슬이 나오는 순간
에 빠른 속도로 사람들이 죽어 나갔다.

민혁과 함께 나타난 신들이 구슬과 함께 사라졌음에도
불구하고 사람들은 계속해서 차크라를 빨리면서 죽어 나간
것이다.

"그러기엔 너무 생생한데…."

"그렇다면 어떻게 설명한 건데?"

민혁의 말에 재원은 고개를 끄덕였다.

"하긴, 그것도 그렇네. 그러면 이제 니 새끼 신 어찌고
관련된 건 모두 끝난 거냐?"

강민혁이 신이 된다. 그와 관련해서 벌어진 권력다툼과
모든 일들이 일단락된다면 세계는 더 이상 이러한 공포에
떨지 않아도 될 것이다.

"그렇지. 그리고…."

민혁은 말끝을 흐렸다. 그는 말을 꺼내기 민망한 듯 뒷머
리를 어루만지다가 말했다.

"내가 없어지면 미혜 좀 부탁한다."

민혁의 말에 재원의 입이 살짝 벌어졌다. 그는 테이블 위
에 올려진 담배 갑에서 담배를 꺼내 입에 물었다.

치이이익

불을 붙여 깊게 빨아들인 재원은 들으라는 듯 말라는 듯
중얼거렸다.

"네가 사라지면 나도 슬플 텐데, 안중에도 없냐."

재원은 조금 섭섭하였다. 자신은 오랜시간을 함께한 벗
이었다. 수십 년을 함께했다. 그런데 방금의 그 말은 마치
자신보다도 미혜가 더 걱정된다는 듯한 목소리였다.

"네가 안중에 없는 건 아니다. 알잖냐."

민혁은 무안한 표정으로 뒷머리를 어루만지면서 말했다.
그러나 이미 재원은 조금 화가 난 듯 싶었다.

"미혜는 배 속의 아이도 있고 또 워낙 울보고 마음이 여
린 아이…."

"나는 그럼 태어났을 때부터 냉혈인이었냐?"

재원이 토를 달면서 담배를 신경질적으로 수 차례 빨았
다. 한참을 빨던 재원은 연기를 깊게 내뱉으며 감정을 추스
르기 위해 노력했다.

마지막 한 모금을 빨고 재떨이에 비빈 재원은 허공에 중
얼거리듯이 질문했다.

"안 갈 수는 없는 거냐?"

"나도 그러고 싶다. 그렇지만 그게 안 돼."

"…그럼 언제?"

그 질문에 민혁은 고개를 저었다.

"정확하게는 알지 못해."

"그렇군. 알겠지만 네가 없어짐으로써 생기는 피해 때문에 이러는 거다."

오재원은 능청스럽게 방금 전 자신의 토라졌던 것에 대한 행동에 핑계를 대었다.

"네가 없어지면 국민들은 또 불안해할 테고, 세계에서도 서로 내가 최고다하면서 덤벼들 테니까."

"거짓말도 참."

민혁은 픽 하고 웃었다. 이젠 자신이 없어도 된다. 우리나라에는 휘페리온이 있었다. 시크릿 에이전트와 맘먹는 휘페리온이 한 국가에 모두 소속되어 있다는 것만으로도 어마어마한 영향력을 행사할 것이다.

"씨발놈, 그냥 좀 모른 척 해주지. 어쩔 수 없잖냐. 너하고 내가 몇 년 지기인데. 넌 안 서운하냐?"

그 질문에 민혁은 천천히 고개를 끄덕였다.

"서운하고 아쉽다."

❖ ❖ ❖

시간은 빠르게 흘렀다. 계절이 세 번 정도는 바뀌었을 것이다. 그동안 세계에서 벌어졌었던 갑작스러운 괴수의 침공이나, 혹은 마인의 출몰 등의 일이 더 이상 일어나지 않았다.

세계는 이제까지 입었던 피해들을 빠르게 되찾아가고 있었다.

민혁의 앞에는 애드거 앨런과 줄리안 무어가 앉아 있었다.

민혁은 혼돈의 구슬을 파괴 후 얼마 지나지 않아서 김미혜와 결혼식을 올렸다. 그의 왼 손의 약지 손가락에는 그녀와의 결혼 반지가 껴져 있었다.

"잘 어울려, 정말."

민혁은 진심을 담아서 두 사람에게 한 말이었다. 애드거 앨런은 민망했던 것인지 헛기침을 뱉었다.

"크흠, 그건 아닌 것 같은데. 무어가 훨씬 아깝지."

"음. 그렇긴 한 것 같군. 앨런. 당신은 나이가…."

민혁은 장난스레 웃으면서 말끝을 흐렸다. 앨런이 눈에서 불을 켰다.

"내 나이도 아직은 한참 때라네, 그렇지 무어!?"

"호호호호! 도발에 넘어가지 마요."

무어는 쩌렁쩌렁하게 웃고 있었다. 금발의 머리카락을 쓸어 올리는 그녀는 민혁을 바라봤다.

"요즘 미혜하고는 잘 지내요?"

"물론이지. 하루하루가 꿈만 같다고 해야 할까."

민혁의 표정은 정말이지 행복했다. 하루를 일 년을 살듯이 매일을 소중하게 살아가고 있었다.

자주자주 그녀를 감동 시킬만한 일들을 생각하고 준비하고는 하였다.

"미혜. 요즘 바쁘다고 코빼기도 안 비추더니, 같이 있느라 그랬나 봐요. 이 지지배."

무어는 장난스럽게 토라진 목소리를 뱉어내었다.

민혁은 자신의 휴대폰이 울리는 것을 느꼈다. 휴대폰의 홀드 버튼을 눌러서 멈추게 하려고 했던 그는 미혜의 부모님의 전화인 것을 확인할 수 있었다.

"잠시 전화 좀 받아도 될까?"

그는 앨런에게 정중하게 청했다. 자신이 미국으로 온 이유는 그 둘과 오랜만에 얼굴을 볼 겸도 있었지만 일처리 건도 있었기 때문이다.

앨런은 너그럽게 고개를 끄덕여 주었다.

전화를 받은 민혁의 눈이 휘둥그레졌다. 그는 자리에서 벌떡 일어나 휴대폰을 품속에 넣었다.

"아무래도 가봐야 할 것 같아."

"무슨 일이야?"

민혁의 표정에서 다급함이 묻어 나왔기 때문에 앨런이 질문했다. 천하의 강민혁이 다급할 정도라면 어떤 경우일까.

혹시 친하게 지내는 지인이 크게 다쳐서? 아니면 활인길드에 큰일이 생겨서?

"미혜가 양수가 터졌대."

"…빨리 가봐야겠군."

새생명의 탄생이 임박한 것이다. 그리고 민혁은 아버지가 되는 것.

민혁은 서둘러서 걸음을 옮겼다. 곧 공간을 열고 들어간 그는 순식간에 미혜가 있는 병원에 도착할 수 있었다.

그는 찢어질 듯한 미혜의 비명소리를 들을 수 있었다. 그녀는 활인길드의 직속 병원으로 후송되었으며 VVIP인 만큼 모든 간호사들과 의사들이 그녀에게 주력하는 것 같았다.

민혁은 소독을 한 가운을 착용하고 분만실 안으로 들어갔다.

안에서는 미혜의 손을 잡아주고 있는 그녀의 부모님들이 계셨다. 두 분은 민혁이 오자 자연스럽게 자리를 비켜주셨다.

그녀의 얼굴로 무척이나 힘든 기색이 역력해보였다. 손을 잡아주자 그 손을 거쎄게 움켜쥐었다.

"으으으으…!"

터지는 그녀의 비명에 민혁은 어쩔줄을 몰라 안절부절했다. 천하의 코리안 나이트 강민혁이라고 할지라도 사랑하는 여자가 고통 받는 것 앞에서는 여느 다른 남자들과 다를 바가 없었다.

초조하게 시간 싸움이 계속되기 시작하였다. 아이는 나올 듯 말듯 힘겨루기를 하는 것만 같았다.

몇 시간이 흘렀는지 감도 안 잡힐 시점. 민혁은 터져 나오는 울음소리를 들을 수 있었다.

"응애응애!"

그 울음소리에 민혁의 몸의 힘이 쭈우욱 빠져나가는 느낌이었다. 미혜의 손에서도 힘이 빠져나가는 것이 느껴졌다.

간호사가 아이를 부드러운 수건에 닦아내었다. 눈도 채 뜨지 않은 아이는 여자 아이였다.

남자 아이면 강민우, 여자 아이면 강미현이라고 이름 짓기로 두 사람은 이전에 이야기를 한 적이 있었다.

민혁은 자신의 손만큼이나 작은 아이를 조심스럽게 품에 안았다. 그는 자신도 모르게 눈물이 찔끔 흘러나오는 것을 느꼈다.

"하하하하, 건강하네요."

눈물을 흘리는 그를 미혜는 아주 작은 미소를 띠우며 바라보았다.

❖　❖　❖

민혁과 미혜의 신혼집은 150평이 넘는 초호화 주택이었다. 하지만 미혜의 성격상 가정부를 많이 두는 것을 원치 않아했다.

때문에 가정부의 숫자는 한 명에 불과한 편이었다.

"그걸 내가 어떻게 믿어!"

"왜 소리를 치고 그래, 미현이 놀라면 어쩌려고."

"자기도 소리 쳤잖아!"

미혜와 민혁이 서로 목소리를 높이면서 부부 싸움 중이었다. 사건의 발단은 민혁이 일처리 차 프랑스 여인과 문자를 주고 받았기 때문이었다.

"내가 몇 번이나 말했어, 프랑스와 이번에 거래를 트는 데 있어서 아주 중요한 거래처여서 연락했다고."

"아하, 그래서 같이 술도 마셨구나?"

"그 자리엔 나만 있었던 게 아니라 보스턴 길드 마스터도 있었다니까 그러네. 당신 정말 왜 그래!?"

민혁의 화가 머리 끝까지 올랐다. 자신은 정말 일처리차 만난 거였으며 문자를 비롯한 술자리까지도 완전한 비즈니스였다.

물론 자신의 이름을 가지고 그러한 비즈니스를 할 필요가 있겠나 싶었지만 그 당시 오재원도 업무에 치이고 있었고 이수현이나, 휘페리온 그들을 비롯해서 많은 이들이 바빴다.

때문에 요근래에 집안 일과 아이 때문에 활인길드 일에 전혀 가담하지 않은 것이 미안해서 자신이 대신 일처리를 봐준 것이었다.

그리고 민혁이 직접 나서게 되자 일은 원만하게 해결되었고 그로 인해서 상대방 측에서 '앞으로도 좋은 관계 유지되었으면 좋겠네요.' 라는 문자를 보내왔는데 그것을 보고 오해가 생겨 버린 것이다.

"왜 그러냐고? 예전하고 변했다고 생각 안 해!?"

미혜는 결국 울음을 터뜨렸다. 그와 덩달아서 방 안에 있는 미현이도 울음을 터뜨리는 소리가 났다.

미혜가 눈물을 훔치면서 아이를 챙기기 위해 방 안으로 들어갔다.

민혁은 답답한 마음에 베란다로 나가서 담배를 입에 물었다.

그때에 민혁은 눈을 깜빡했다가 뜬 순간에 파괴신과 함께 서 있는 알렉스를 볼 수 있었다.

그의 입이 살짝 벌어졌다.

"가는 겁니까?"

"…가야지."

알렉스는 고개를 끄덕였다. 그 말을 듣는 순간 가슴이 철컹 내려앉는 기분이었다.

꽤나 알렉스는 오랜시간을 자신이 여유를 찾을 수 있게 기다려 주었고, 이젠 기다려줄 수 없는 듯 싶었다.

"언제요?"

"내일."

"알겠습니다."

민혁은 고개를 끄덕였다.

알렉스와 파괴신이 순식간에 사라졌다. 담배 연기를 내뿜는 민혁은 얼굴에 상심이 가득했다.

왁자지껄한 술자리가 이어지고 있었다. 자리에는 오중태와 스미스, 이현인이 앉아 있었다.

"내가 예전에는 이 녀석을 내 손 위에 두고 괴롭히고 그랬다니까? 그때 눈물도 찔끔 거리고 그랬는데. 하하!"

"그건 내가 아니었잖아. 자식아."

"아무튼!?"

"크흐흐흐, 강민혁의 모습을 하고 눈물을 찔끔 거리다니, 보고 싶긴 하네."

즐거운 분위기였다. 요근래에 민혁이 바빠서 술 한 잔 잘 걸칠 시간도 없었고 휘페리온도 마찬가지였기 때문이다.

하지만 휘페리온은 민혁이 술을 제안하자 모두가 모여주었다.

"그런데 웬 일로 네가 우릴 다 모았냐."

"그냥 보고 싶어서."

"…갈 때군."

스미스는 눈치가 참 빨랐다. 그리고 항상 말을 간결하게 하는 편이지만 그 말은 몇 마디 말을 보탠 것보다 더 깊었다.

스미스의 말에 눈치 없는 현인과 중태의 눈은 휘동그레 커졌다.

"진짜…?"

"정말 가냐?"

민혁은 대답하지 않고 술잔을 꺾어서 목 뒤로 넘길 뿐이었다.

세 사람이 말이 없었다.

언제 다시 볼 수 있을지, 아니 볼 수 있기나 할 지 기약은 없었다.

절대신이 되어서 이제는 신들을 다스리고, 이 차원을 다스려야했다.

"그래."

"언제?"

"이제 열시간 정도 후."

모두가 할 말을 잃었다. 민혁은 냉랭해진 분위기에 술잔을 들었다.

"나 가기 전에 그래도 웃으면서 좀 가자."

"그, 그래. 어, 언젠간 다시 볼 테니까."

중태가 어색하게 웃으며 함께 잔을 들었다. 다른 이들도 잔을 들고 건배를 했다.

모두가 밝게 웃으며 자리를 마무리하려고 노력했다. 하지만 한편에 박혀 있는 씁쓸한 기분은 모두 지울 수 없는 표정이었다.

"참, 미혜는 알지?"

중태가 조심스레 물었다. 민혁은 고개를 저었다.

"오늘 싸웠어, 싸우고 나니까. 알렉스가 왔더라."

"그 양반도 참…."

중태는 미간을 찌푸렸다. 하필이면 싸운 타이밍에 말이다.

"그래도 가기 전이니까, 잘 풀고 가. 그리고 미혜는 걱정 마라. 우리가 책임진다."

중태가 자신의 가슴을 두들겼다. 이들이 있기에 미혜가 어느정도 안심이 되는 편이었다.

술자리가 끝나고 모두가 헤어질 때에는 '다음에 보자' 라는 말을 민혁이 한 번씩 꼭 그들에게 해주었다.

언젠간 다시 보기를 꼭 기약하는 마음에 뱉은 말이었다. 차에 오르는 민혁의 가슴 한 구석이 답답하고 허했다.

"고마웠다. 모두."

"예?"

대리운전 기사가 그 중얼거림에 고개를 갸웃하면서 되물었다.

"아닙니다."

민혁은 씁쓸하게 웃었다.

❖ ❖ ❖

현관문이 열리는 소리가 나도 반겨주는 목소리 하나 없었다. 오후에 싸웠었기 때문에 민혁은 이해한다는 듯이 고개를 끄덕였다.

미현이의 방으로 가자 아이를 돌보다가 잠이 든 것인지 미혜가 맨 바닥에 누워서 자고 있었다.

그는 조심스레 그녀를 흔들었다.

부스스하게 눈을 뜬 그녀는 천천히 몸을 일으키고는 미간을 찌푸렸다.

"당신, 술 마셨어?"

바가지를 긁듯한 목소리로 말한 그녀는 몸을 일으켜서 주방으로 갔다. 차가운 물을 투명한 유리잔에 받아서 마시는 그녀의 옆 모습을 바라보면서 민혁은 잘 떼어지지 않는 입을 열었다.

"알렉스가 아까 왔다갔어."

"……"

그녀의 목저울과 손의 움직임이 멈췄다. 눈은 슬픔을 가득 담고는 민혁에게 천천히 돌아갔다.

"…내가 생각하는 게 맞아?"

숨이 가쁘게 떨리는 목소리였다. 그 물음에 민혁은 대답하지 않았다. 그녀의 눈으로 이슬이 와락 맺어졌다.

"언제 가는데?"

울음끼 가득찬 목소리.

"해 밝으면. 부모님 집도 가봐야 할 것 같아."

"우리 오늘 그렇게 싸웠는데 내일 간다고?"

분명히 오늘 그렇게 싸웠다. 오늘 그가 떠난다는 것만

알았더라도 미혜는 그러지 않았을 것이다.

그에게 맛있는 것을 해주고 특별하게 오늘 하루를 보내려고 노력 했을 것이다.

"다시 올 수 있도록 계속 노력해볼게."

불가피한 약속에 지나지 않았다. 과연 다시 올 수 있을지는 확실하게 알 수 있는 것이 없었다.

그녀가 결국 와락 눈물을 터뜨리면서 얼굴을 감쌌다. 민혁은 천천히 다가가 그녀를 자신의 품에 넣고 끌어 안아주었다.

주방에서는 오랜시간동안 계속해서 그녀의 울음소리가 퍼져나갔다.

❖ ✣ ❖

해가 밝았다. 주방으로 나가자 미혜가 차려놓은 민혁이 좋아하는 음식들이 한 가득이었다. 그것들을 맛있게 먹은 후에 씻고 나온 민혁은 나갈 채비를 하기 시작했다.

이미 베란다 밖에는 알렉스와 파괴신이 있었다.

"들어오라고도 안 하나?"

알렉스는 미혜에게 던지듯 한 말이었다. 그녀는 앙칼진 시선으로 그를 쏘아보았다.

[그녀의 심정도 이해해야지.]

"그래."

알렉스는 파괴신의 말에 고개를 끄덕였다. 알렉스는 절대신의 힘을 잃었다. 때문에 더 이상 민혁을 대신해서 그 자리를 관리하는 것이 불가능해졌다.

이젠 민혁이 직접 나서서 통솔해야 할 때였다.

나갈 채비를 끝마친 민혁은 자신의 딸 아이 미현이를 품에 안고는 볼을 어루만졌다.

"내가 안고 갈래."

미혜와 민혁, 알렉스, 파괴신은 함께 민혁의 부모님의 집으로 간다.

두 분을 뵈어야하는 게 예의인 것도 있었으며 또한 카오스와 코스모스에게 청하던 것이 이루어졌다.

카오스와 코스모스는 분명히 규율을 만들었고 쉽사리 그것을 어길 수 없었다. 하지만 두 존재가 모두 승낙했다.

코스모스는 그 일이 있은 후에 다행이도 민혁을 아니꼽게 보거나 하지 않았다.

민혁이 두 존재에게 청하던 것은 바로 기존의 강민혁의 몸을 주인에게 돌려주는 것이었다.

실제로 지금 현재 그가 가지고 있는 힘이 육체에 남아 있지는 않게 될 것이었다.

이 몸의 주인. 강민혁은 자신 때문에 육체를 빼앗겼다. 그 영혼은 지옥에 있었고 지옥으로부터 그 영혼을 다시 가져오게 될 것이다.

완전히 힘이 육체에 남아있지는 않게 될 테이지만 다시 이 몸으로 들어오는 민혁은 예전보다는 훨씬 강한 육체를 얻게 될 것이다.

예전처럼 무시당하는 삶을 살게 되지는 않을 것이라는 것.

차에 네 사람이 함께 올랐다. 미현이는 민혁이 품에 꼭 안고 있었다.

부모님의 집에 도착하자 미리 나와 계셨던 두 분이 반겨주었다. 민혁은 두 분에게 최대한 정중하게 고개를 숙여보였다.

"그동안 감사했습니다."

"…그래."

아버지와 어머니. 두 분 모두의 표정이 크게 좋지 않았다. 자신의 진짜 아들과 다시 만날 수 있지만, 이제는 새로이 받아들인 사람을 보내줘야 할 때였으니까.

민혁은 지금의 육체에 미련은 없었다. 자신은 분명히 발록과의 싸움으로 인해서 죽었었다.

그랬던 자신이 다른 이의 몸을 빼앗아서 해야할 일을 모두 해결했다.

민혁은 조심스레 자신의 가슴 위에 손을 얹었다.

'그동안 고마웠다. 민혁.'

짧게 인사를 마친 그는 부모님과 가볍게 커피를 마셨다.

"미혜를 좀 부탁해도 될까요."

"물론이지."

민혁의 말 뜻의 의미는 조금 달랐다. 민혁의 몸은 현재 미혜와 혼인신고가 되어 있었다. 이혼절차를 밟게 될지는 아직 정해지지는 않았다.

하지만 민혁이 돌아온 것의 문제보다 부모님 두 분이 앞으로 미혜를 어떻게 대하느냐에 대해서 부탁을 드린 것이다.

미혜는 앞으로도 종종 이 집에 와서 민혁을 볼 것이다. 속내부는 달라도 껍데기라도 그의 모습을 하고 있을 테니까.

"이제 슬슬 가야지."

민혁이 계속해서 말을 덧붙였다. 그것이 시간을 끄는 것임을 아는 알렉스는 기다려주었다.

하지만 이제는 지체할 수가 없었다.

민혁은 씁쓸한 표정으로 몸을 일으켰다. 알렉스와 미혜, 파괴신과 부모님이 함께 방으로 들어갔다.

방으로 들어가고 알렉스는 민혁에게 조그마한 유리병을 건네었는데 그 안에는 투명한 액체가 출렁이고 있었다.

"다시 깨어났을 때 너는 다른 몸으로. 기존의 강민혁의 영혼은 이곳에 있게 될 거다."

민혁은 고개를 끄덕였다. 액체를 마시기 전 그는 미혜를 한 번 안아주고 입에 작은 입맞춤을 했다.

미혜는 당장 울음을 터뜨릴 것 같았지만 애써 참는 것 같
았다. 자신이 울면 가야하는 민혁의 가슴이 안 좋아질 것을
알기에.

민혁은 어머님이 안고 있는 미현이를 건네 받아 안고는
작게 흔들어주면서 중얼거렸다.

"아빠, 금방 다녀올게."

아이의 볼에 자신의 볼을 비빈 민혁은 잠시 말없이 내려
다보았다. 아무것도 알지 못한 채 작게 웃으면서 민혁의 얼
굴을 향해서 손을 뻗는 아이.

그는 터져 나오는 슬픔을 목구멍 뒤로 억지로 삼키고는
침대에 조심스레 앉았다.

유리병의 마개를 따내고는 목구멍 뒤로 단숨에 넘겼다.

꿀꺽

그가 액체를 마시자 미혜가 다급하게 그녀에게 안겨왔
다.

"금방 와야 해?"

"응. 금방 올게."

민혁은 그녀의 등을 어루만져 주었다. 참고 참았던 그녀
의 울음이 터지고 민혁의 시야가 흐릿해지기 시작했다.

흐릿해지던 시야가 완전히 어둠으로 잠식 되었을 때에
민혁의 몸은 죽은 듯이 스르르 쓰러졌다.

얼마 지나지 않아 푸르른 빛이 흘러 들어오기 시작했다.

그 빛은 기존의 강민혁의 영혼이었다.

곧 빛이 완전히 몸속으로 빨려 들어가고 천천히 눈이 떠졌다.

눈을 뜬 그는 부모님을 보면서 입을 열었다.

"엄마… 아빠?"

그저 오랫동안 잠을 잤던 것처럼, 평온하고 몽롱한 목소리였다.

❖ ❖ ❖

눈을 뜬 민혁, 아니 염인빈은 자신의 몸을 둘러보았다. 염인빈의 육체가 다시 재구성되었다. 단, 예전과는 다르게 20년은 젊어진 모습이었다.

그의 앞으로 알렉스와 파괴신이 나타났다. 그와 더불어서 신들이 계속해서 빛에 휩싸이면서 나타났다.

절대신이 완전하게 강림하였다. 신들은 최대한 고개를 조아리면서 그에게 예의를 취하고 있었다.

알렉스는 그의 어깨 위에 손을 올리고 쓰다듬었다.

"이젠 완전히 내 세상이 아닌 네 세상이 도래했다."

염인빈은 작게 고개를 끄덕였다. 수 백이 넘는 숫자의 신들이 한 쪽 무릎을 꿇고 그의 앞에서 경건한 자세를 취하고 있었다.

이제 자신은 완전한 절대신의 자리에 올랐다.

❖ ❖ ❖

7년 후.

"엄마아아아!"

한 여자아이가 자신을 마중 나온 여인을 발견하고는 밝게 웃으면서 뛰어갔다.

웃고 있는 일곱 살 남짓의 어린 여자아이는 유독 다른 아이들에 비해서 예쁘장한 외모를 가지고 있었다.

마치 인형이 살아 움직이는 듯한 외모였다.

"우리 미현이."

뛰어오는 그녀를 안아드는 여인도 무척 아름다웠다. 흑발의 머리카락과 커다란 눈, 새하얀 피부가 크게 조화를 이루었다.

그녀는 바로 김미혜였다.

미혜는 자신의 차량 옆좌석에 그녀를 태웠다.

"히잉. 집에 빨리 가고 싶은데, 엄마 블링크 쓰자아앙."

"쓰읍, 안 돼. 편한 것에 익숙해지면 안 된다고 했지?"

아이가 떼를 쓰자 미혜는 미간을 찌푸리면서 작게 야단쳤다. 미현이 입을 삐쭉 내밀었다.

차가 출발하고 아이는 단단히 삐진 것인지 한동안 말이 없었다.

"계속 그렇게 말 안 할 거야?"

"흥."

미현은 휙 시선을 창 밖으로 틀었다. 미혜는 기분을 풀어줄 것이 생각난 것인지 작은 웃음을 지었다.

"오늘 집에 휘페리온 삼촌들 온다고 하셨는데도?"

"진짜아?"

그녀의 말에 미현의 고개가 휙 돌아갔다. 아이의 얼굴은 진심으로 기뻐보였다. 현재의 휘페리온의 이름은 세계에서 그 누구도 무시하지 못할 만큼 높아졌다.

그럼에도 불구하고 미현에게는 단지 자신과 잘 놀아주는 재미있고 좋은 삼촌들일 뿐이었다.

"헤헤헤! 빨리 가자!"

"이그."

작게 머리를 털어준 미혜는 빙긋이 웃었다.

염인빈. 그가 절대신의 일을 하기 위해 사라진 지 7년째. 그동안 소식이 없었다.

첫 해는 정말이지 힘들었고, 두 번째 연도도 마찬가지였다.

하지만 갈수록 편안해졌다. 그저 그는 자신을 잊지 않았겠지 하면서 그리움이 채워지고 있었다.

어느덧 집에 도착했다.

집에서 미현이 밥을 먹고 나자 얼마 지나지 않아 휘페리온 삼인방과 함께 다른 청년이 등장했다.

그는 다름 아닌 강민혁이었다. 염인빈이 들어간 강민혁이 아닌, 기존의 강민혁.

그의 육체는 염인빈이 가지고 있을 때만큼은 아니었지만 분명히 강했다.

일반 각성자들이 쉬이 대할 수 없을 정도로. 그와 함께 그는 휘페리온의 일원이 되어 있었다.

물론 김미혜와 강민혁의 관계는 그저 친구 사이에 지나지 않다.

"스미스 삼촌은 머리 느낌이 이상해에."

스미스의 어깨에 목마를 타고 있던 미현이 그의 짧게 친 머리카락을 쓰다듬으면서 뱉은 말이었다.

"미현이는 갈수록 무거워지는 것 같네?"

"스미스. 숙녀한테 무거워진다고 하는 것 실례야."

미혜가 부드럽게 웃으며 한 말이었다.

"이크, 나는 우리 미현이가 갈수록 예뻐진다는 말이 하고 싶었던 거지."

"정마알?"

목마를 탄 미현이 까르르 웃었다.

어느덧 밤이 되고 미현은 자신의 방에서 잠이 들었다.

술잔이 계속해서 오고갔다.

미혜는 무릎을 웅크리고 앉아 친구들의 이야기를 듣다가 자신도 모르게 민혁을 바라봤다.

"하하하, 글쎄. 김재민 마스터가 나한테 말이야."

자신이 사랑하던 이의 육체를 가진 강민혁이었지만 행동하는 것과 말하는 것은 완전히 달랐다.

그렇지만 모습은 빼다 박았다. 때문에 그래선 안 되지만 가끔씩 그를 보면서 자신도 모르게 인빈의 모습을 찾곤 했다.

"응?"

민혁이 그것을 느낀 것인지 고개를 갸웃했다. 미혜가 시선을 피했다. 친구들은 모두 이해한다는 표정을 지었다.

항상 그럴 때마다 그들은 모른 척 해줬다.

미혜는 자신도 모르게 베란다로 나갔다. 친구들은 그녀가 또 다시 인빈을 그리워한다는 사실을 알았다.

베란다에 선 그는 하늘을 올려다보았다. 새까만 하늘에 별이 정말 많은 밤이었다.

"보고싶다."

그녀는 기지개를 힘껏 폈다.

"있잖아. 나 미현이 정말 잘 키우고 있다? 그리고 다른 남자들한테 끌리지도 않고 있어. 난 역시 당신 밖에 없나 봐. 당신은 거기에서 잘 지내? 밥은 잘 먹고, 잠은 잘 자고? 말 안 듣는 신들은 없나?"

그녀는 이렇게 혼자 허공에 중얼거리는 시간이 많아졌다. 그렇게 한참을 중얼거리다가 픽 웃었다.

"당신 내 말 모두 듣고 있다고 믿어. 난 혼자 말하는 게 아니야. 그치?"

듣고 있으리라. 그렇게 생각하며 항상 중얼거리곤 한
다.

"사랑해."

그녀는 쌀쌀한 날씨에 그렇게 말하면서 자신의 팔을 비
볐다. 그때에 등 뒤에서 누군가 그녀를 꽉 끌어안았다.

"나도 사랑해."

전혀 익숙하지 않는 목소리였다. 그리고 몸도 익숙하지
않았다.

하지만 그 사랑한다는 말을 듣는 순간, 그녀의 눈에서 왈
칵 눈물이 흘러나왔다.

천천히, 아주 천천히 그녀의 고개가 돌아갔다.

그곳에는 염인빈이 서 있었다. 자신이 사진으로 보았던
마흔 살 훌쩍 넘는 모습의 인빈이 아닌 20대 중반 같은
외모의 훤칠하고 남자다운 인상의 인빈이었다.

"다, 당신이야…?"

그 질문에 인빈은 다른 말은 하지 않았다. 천천히 그녀에
게 다가가 허리를 감싸 안았다.

자신이 느꼈던 몸과는 달랐지만 분명히 그의 손길의 향
내가 났다.

그가 자신에게 입을 맞췄다.

키스도 자신이 알던 그 향내가 났다.

인빈은 조심스레 계속 울고 있는 그녀의 눈물을 닦아줬
다.

"너무 오래걸렸다. 7년이라니. 그동안 무척 바쁘게 살았어. 그리고 결국 얻어냈지."

인빈은 빙긋이 웃으며 그녀를 꽉 끌어안아 주었다.

"출퇴근 허용권."

그렇게 말하면서 장난스럽게 웃었다.

"매일 밤. 이 시간에 너를 찾아올 거야."

그 말은 미혜에게 너무나 기쁜 이야기였다.

"그리고 매일 미현이가 잠드는 것도 함께 볼 거야. 그동안 많이 기다렸지?"

"응…."

그녀가 고개를 끄덕였다. 기다렸다. 누구보다도. 내색하진 않았지만 그가 너무나도 보고싶었고 그리웠다.

두 사람이 다시 뜨겁게 포용했다. 안쪽에서는 염인빈의 등장을 알아챈 이들이 깜짝 놀라서 환호를 지르면서 뛰쳐나오고 있었다.

베란다가 열리면서 뛰쳐나온 친구들이 인빈에게 달려들었다.

"정말 내가 아는 그놈 맞는 거지!?"

"아하하! 오랜만이다!"

"이 새끼!"

모두가 그를 꽉 끌어안았다.

달과 별이 환하게 비추는 밤.

7년 만에 그들은 다시 만났다.

신과 인간이라는 다른 영역의 사이였지만 그들의 웃음소리는 그 어떤 때보다 뜨겁고 활기차기 그지없었다.

〈완결〉